岁月你别催

[韩]跳舞蜗牛 著

官紫依 译

文化发展出版社
Cultural Development Press
·北京·

### 图书在版编目（CIP）数据

岁月你别催 /（韩）跳舞蜗牛著；官紫依译 . —— 北京：文化发展出版社，2023.10
ISBN 978-7-5142-4072-6

Ⅰ . ①岁… Ⅱ . ①跳… ②官… Ⅲ . ①随笔－作品集－韩国－现代 Ⅳ . ①I312.665

中国国家版本馆CIP数据核字(2023)第166663号

게으른 게 아니라 충전중입니다 (I'M NOT LAZY. I'M ON ENERGY SAVING MODE)
Copyright © 2019 by 댄싱스네일 (Dancing Snail)
All rights reserved.
Simplified Chinese Copyright © 2023 by Beijing Huazhang Tiancheng Culture Communication Co., Ltd.
Simplified Chinese translation Copyright is arranged with BACDOCI,CO., LTD .
through Inbooker Cultural Development (Beijing) Co., LTD.

北京市版权局著作权合同登记号：图字 01-2023-4702

## 岁月你别催

著　　者：[韩]跳舞蜗牛
译　　者：官紫依

出 版 人：宋　娜　　特约编辑：王　猛
责任编辑：孙豆豆　　责任校对：岳智勇
责任印制：杨　骏　　封面设计：李果果
出版发行：文化发展出版社（北京市翠微路2号 邮编：100036）
网　　址：www.wenhuafazhan.com
经　　销：全国新华书店
印　　刷：河北朗祥印刷有限公司

开　本：880mm×1230mm　1/32
字　数：86千字
印　张：8.5
版　次：2023年10月第1版
印　次：2023年10月第1次印刷

定　价：58.00元
ＩＳＢＮ：978-7-5142-4072-6

◆　如有印装质量问题，请电话联系：010-68567015

# 序言

在饱尝阴郁和无力感折磨的人生黑暗期，就连阅读一行文字都异常吃力。为让那些和当时的我一样的人也能轻松阅读，我开始创作插画日记。固然有很多不足，但附上几行文字之后，有人便因此得到了慰藉，而我也为此感到欣慰。所以，我决定将这些故事结集出版。

这本书记录了我25岁之后的三四年间郁郁寡欢和无力感爆棚的日子，而我用平静的笔调重构了这些片段。即使是在创作过程中，那些并不轻松的日子也一仍旧贯，但我不言放弃，努力克服。我努力好几年，只为转换思考方式，但内心还是时常伴有堕入深渊之感。

生活失去平衡的时候，我无法心安地面对网上那些类似"得到了安慰""谢谢"这样的留言。因为在我开始把"经历过

无力感,现在在一定程度上已经克服了它"的故事通过绘画进行连载之后,我感受到一种类似责任感的东西。"某个人看了我的故事之后可能会变好",带着这种责任感,我必须向大家展示自己更好的一面,这让我感到很沉重。这种责任感带来的压迫日趋严重,一种从内心深处迸发的熟悉的情绪不时地向我袭来甚至压制了我。

在这种反反复复中,无力感也开始发生变化。最近,无力感出现的时间总是异常短暂,即使在我想像以往那样任它蚕食的时候,它也只是停留一会儿就消失了。大概是因为"寄生"在我身体里的无力感"宿主"在渐渐减少吧。无力的情绪纠缠着我体内的"宿主",不断繁殖壮大。因此,我体内的无力感越少,新的无力感能够"寄生"的空间便越小。在这本书快要完成的时候，我能感觉到心中的阴郁在渐渐消散。虽然很慢，但是它确实在一点一点地消散。

我之所以能够以安慰某人为目标创作这本书，是因为我想把我在咨询、播客、书本中获得的慰藉传递给别人。虽然这些并不是来自专家的忠告，但我仍然希望我的故事能够帮助那些和我一样身陷艰难的人。

如今，我依然孤军奋战。但我知道无力感不是病，它只是压力涌来时身体的反应。请相信，我们一定会好起来的。

跳舞蜗牛

# 目录

## 第一章
## 我也不知道自己为什么会这样

01 如果我也是一个开朗的人　　002
02 你凭什么说你了解我　　008
03 到底要让我怎么办　　012
04 我是天生不幸吗　　014
05 人生中哪有什么按计划进行的事　　020
06 在宇宙中迷失的孩子　　026
07 我不想唯独自己看起来与众不同　　034
08 等待万物复苏　　036
09 只有完美才能被爱吗　　040
10 真羡慕那些轻轻松松就能做得很好的人　　045

### 充电小心思

想混日子却没有勇气的时候　　051
消极的情绪交织如麻的时候　　055
感觉只有自己的人生原地踏步的时候　　061

第二章

# 成年人疲惫的一天

01 什么是成年人 1　　　　　068
02 什么是成年人 2　　　　　074
03 今天也在内心默默哭泣　　078
04 坦率也是一种魅力吗　　　082
05 今天也是看人眼色的一天　088
06 你为什么想哭　　　　　　094
07 不想再愚蠢下去了　　　　098
08 关于独立的梦想　　　　　103
09 为什么不懂得拒绝　　　　105
10 今天也踩到屎了　　　　　109
11 人际关系也有保质期吗　　115
12 现在开始已经太晚了　　　119
13 自然法则　　　　　　　　124

> 充电小心思

面对渺茫的未来只能叹气的时候　　126
感觉全世界都讨厌我的时候　　　　130
早晚高峰地铁上灵魂出窍的时候　　134

## 第三章
# 今天和明天都只想宅在家里

| | |
|---|---|
| 01 做任何事都有厌倦的时候 | 140 |
| 02 抑郁症克服法的矛盾 | 144 |
| 03 翻好友列表的夜晚 | 150 |
| 04 身处人群之中却如此孤独 | 154 |
| 05 这样生活也没关系吗 | 160 |
| 06 需要更多时间的人 | 164 |
| 07 对无法左右的事感到疲惫的时候 | 170 |
| 08 社交让人精疲力竭 | 176 |
| 09 宅家能力满级 | 182 |
| 10 努力能当饭吃吗 | 190 |

### 充电小心思

| | |
|---|---|
| 担心看不见的未来而无法入睡的时候 | 196 |
| 自信心跌入谷底的时候 | 200 |
| 同样的念头翻涌而来折磨我的时候 | 206 |

第四章

# 不愿意做事是很正常的

01 一旦结束忙碌就很空虚　　　　　212

02 如果现在的选择是错误的，该怎么办　218

03 凡事一定得往好处想吗　　　　　223

04 因为我是我，所以很讨厌　　　　226

05 啊，杯子里的水少了一半　　　　230

06 努力了很久也看不到尽头的时候　　233

07 放下，但别放弃　　　　　　　　235

08 生活怎么会这么累　　　　　　　240

09 我知道幸福的那一瞬间持续不了多久　246

充电小心思

钱包越鼓内心越贫瘠的时候　　　　252

觉得只想躺着的自己非常不像话的时候　258

明明什么都没做，内心还是不安的时候　260

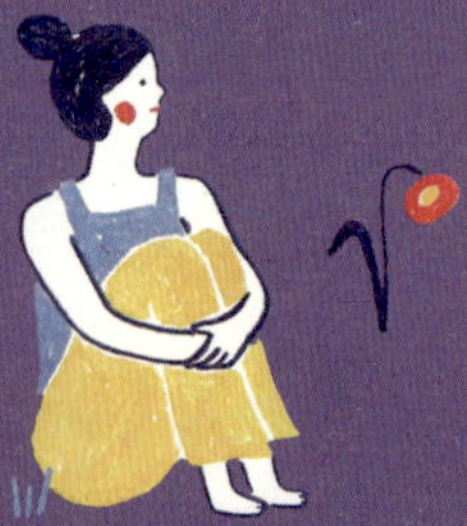

第一章

# 我也不知道自己
# 为什么会这样

## 01 如果我也是一个开朗的人

小时候我是个不太爱笑的孩子。

对着镜子练习怎么微笑之后，确实出现了一两个喜欢我的朋友。

因为我不是一个开朗的人，

所以很羡慕那些不用伪装、
本来就很开朗的人。

我也想成为一个开朗的人。

直到现在,
我还是常常觉得,
心里潜藏着挥之不去的阴郁。

有时我真的很担心,
身边的人会因此离开我。

## 内心的阴郁

我不是很喜欢动物,所以很难理解那些看到小猫小狗就走不动路的人。但是为了不让自己看起来像冷血动物,我会捏着嗓子说:"啊,好可爱呀!好好看哪!"尽力给出我觉得最完美的反应。

不知道从什么时候开始,我渐渐意识到自己和别人有点儿不一样,但是我以为自己天生就是这种性格,所以通常都是把事情应付完就算了。

我常常戴着微笑的面具融入别人的圈子——因为面具可以遮挡社交需求之外的情绪——只要保持微笑就不会有人注意到我的怪异之处,这让我感到安心。时间久了,不知道是不是因为感受正常情绪的能力在逐渐下降,我变得更怪异了。大家都很严肃的时候,只有我突然笑出声把气氛搞得很诡异;本应该表达生气的时候,我的脸上却还带着笑。

我越来越不敢直接表达自己的情绪,所以学会了在感受情绪之前先进行价值判断:消极情绪是不好的,得隐藏起来;积极情绪是好的,要表达出来。无法适时流露的情绪不断堆集,最终连感受积极情绪的通道也被堵塞了。

开口把内心的阴郁告诉别人并不是一件容易的事。有的人可能会借此利用你,而且对于那些并没有做好准备当"情绪垃圾桶"的人来说,这可能是一种打扰。

如果我能先拥抱自己的阴郁的话,是不是就不用强颜欢笑也能感受世界的美好呢?

## 02 你凭什么说你了解我

一天之内评价别人好几次,
窥探他社交软件里的背景图片和状态,

谈恋爱了?

观察他的衣着打扮和表情。

光凭这些就觉得自己了解他的全部。

我只是没有化妆。

最近心情不好吗?
你的脸色不太好。

我不想被别人指手画脚。

你凭什么说你了解我?

部分永远不能代表全部。

# 03 到底要让我怎么办

非常忙却又很无聊。

腾出时间,却又无处可去。

天气真好哇!

好想出去玩。

既想出去玩又想待在家里。

在家待着真无聊哇！

出去约会。

好想回家呀！

## 04 我是天生不幸吗

很久很久以前,有一只忧郁了很久的兔子。

有一天，幸福来敲门了，
但是不知道为什么，
忧郁了很久的兔子变得非常不安。

如果不幸再次发生，
兔子在伤心的同时又感到莫名的安定。

对兔子而言，比起不安的幸福，安定的不幸反倒更容易
接受。兔子这样想着想着，就睡着了。

## 遭受不幸时，别让自己陷入悲观主义

在偶然的不幸前贴上"命运"标签的那一瞬间，一切都变得简单了。躲在不幸命运的背后，从此就不再期待幸福，当然也就没有改变当前处境的动力，这还真是让人省心。尝到了悲观论甜头的我，精心搜集了这段时间遭受的所有不幸，并把它们穿在一起，做成了一个像模像样的信条。

"看吧！我就知道会这样。我果然命不好。"

该享受快乐的瞬间也因为害怕快乐再次消失而忧心忡忡。因为不幸，所以变得更加敏感。不好的事情发生时，便会连同更加强烈的情绪深深地刻在脑子里。这种记忆不断加深的话，也可能会固化习惯不幸的错误思维回路。而这种思维往往会变成执念，执念又会映照于事实。

这似乎符合墨菲定律。生活中这类现象比比皆是。

　　涂了酱的那一片面包往往会掉到地上，或者涂完酱才发现涂的是面包外层。
　　一进入浴缸就会来电话。
　　在超市排队付钱时旁边的队伍往往更快。
　　让人抓狂的事情总是一次性爆发。

　　因为是自己做出的选择，所以我们坚信的悲观主义大部分不是事实，更不是凭自己的意志产生的。悲观主义是在对变化带来的挫折和伤害的恐惧中成长起来的。但即使有时这颗心让我选择维持现状，也不必太过自责，因为每个人重新鼓起勇气都需要时间。

在摔倒的孩子面前表现担忧的样子，孩子立马就会哭，但如果对他笑，那么他也会跟着笑。同样的道理，我们对待不幸的反应越强烈，不幸就越容易在体内扎根。我们必须小心，不要掉入这种陷阱，不要被错误的想法控制。希望在柔软的幸福来临时，我们能更用力地去感受。

## 05 人生中哪有什么按计划进行的事

很不安。　　什么很不安？

人生中哪有什么按计划进行的事．

担心事情不能按计划进行．

## 有时即使不知道答案

吃东西的时候，我有一种强迫症。薯片筒的上半部分通常是完整的薯片，越往下，碎掉的薯片越多。我会先把薯片全部倒入托盘，再把完整的薯片和碎掉的薯片分离。接着把完整的薯片小心地放回筒里，先吃薯片碎。等吃完薯片碎再一片一片地吃完整的薯片时，那种心情不知道有多好。吃最喜欢的水果——葡萄的时候，我也有这样的习惯。轻轻拿起一串葡萄，把从枝条上掉下来的葡萄先吃完，再一颗一颗吃掉长在枝条上的葡萄，这样心里才舒服。当然，和别人一起在外面吃东西的时候不能这样做，所以心里常常隐约有种疲惫感。

我还有一种强迫症，手机电量必须充到100%才能安心，即使约会时间快到了，也必须等手机电量为100%才会出门（为此我竟然放弃了遵守约会时间这个基本礼貌，真是讽刺）。97%或者98%都不行，必须得是100%。另外，如果不是紧急状况，我不会任由手机耗电到低电量模式，所以我不能理解那些打着打着电话突然说"等下，抱歉！我手机就剩3%的电量了，马上要关机了"的人。朋友哇,你怎么能忘记带充电宝呢?

  在按计划做事的时候,强迫症能产生正向效果。可惜,人生中大部分事情都不会按计划进行。尤其是在人际关系中,一旦出现了自己难以控制的情况,那么我很有可能因为莫名的不安而彻夜难眠。对于他人的情感和反应,无论我准备得多么充分,总会有脱离计划的事情出现。

  不过话说回来,无论自己带有哪种强迫症倾向,如果没有对其他事情造成消极影响,那就没必要非得改变自己。那些强迫症倾向如果能带给自己安全感,且未对生活造成很大的不便,不妨就顺其自然吧。

  可是,后来强迫症给我带来的不便越发频繁了。为了改变现状,我需要做出一些努力。

  我开始尝试扭转平时的强迫症。吃东西的时候,我会先吃完整的部分。起初总觉得怪怪的,但是先享用完整的部分似乎也不错。除了有重要的工作需要用电话联系,我甚至会任由手机进入低电量模式。此外,手机里一有消息通知就想立即查看的习惯也相当让人疲惫,所以有一段时间,我关闭了大部分软件的消息通知,这样手机锁屏后就不再有消息通知的弹窗,我对外部刺激反应的敏感度也得到了调整。如此一来,即使手机只剩3%的电量,我也不会太焦虑了。

这些改变看似没什么大不了的,但它与认知疗法[1]是一脉相承的。此外,受强迫症倾向的影响,我比其他人更容易感到疲劳,所以我反过来利用这种倾向,在一开始就会将休息时间纳入日程安排。

这些细小的行为改变确确实实对我的思想和情感产生了影响。我在日常生活中得到了喘息的机会,在一些事情上少了一些压迫,多了一些放松,对待自己和世界的态度也变得宽容起来。

---

[1] 通过改变我们的"思想"来处理复杂的情绪,被公认为是目前大多数精神健康医学中最有效的非药物性治疗方式。

如果说世界上有什么是不变的,那就是"没有什么是不变的"。偶尔某件事情的发展会"脱轨",但这并不意味着剩余的人生都糟糕透了。所以,有时候即使不知道答案,也放手去尝试吧。

## 06 在宇宙中迷失的孩子

入睡前那段寂静的时光是一天中最漫长的。

躺在被窝里回想这一天，

因为一点点小事，

而陷入后悔和忧虑中,

随之被它们吞噬。

我原以为长大了就不会害怕黑夜了。

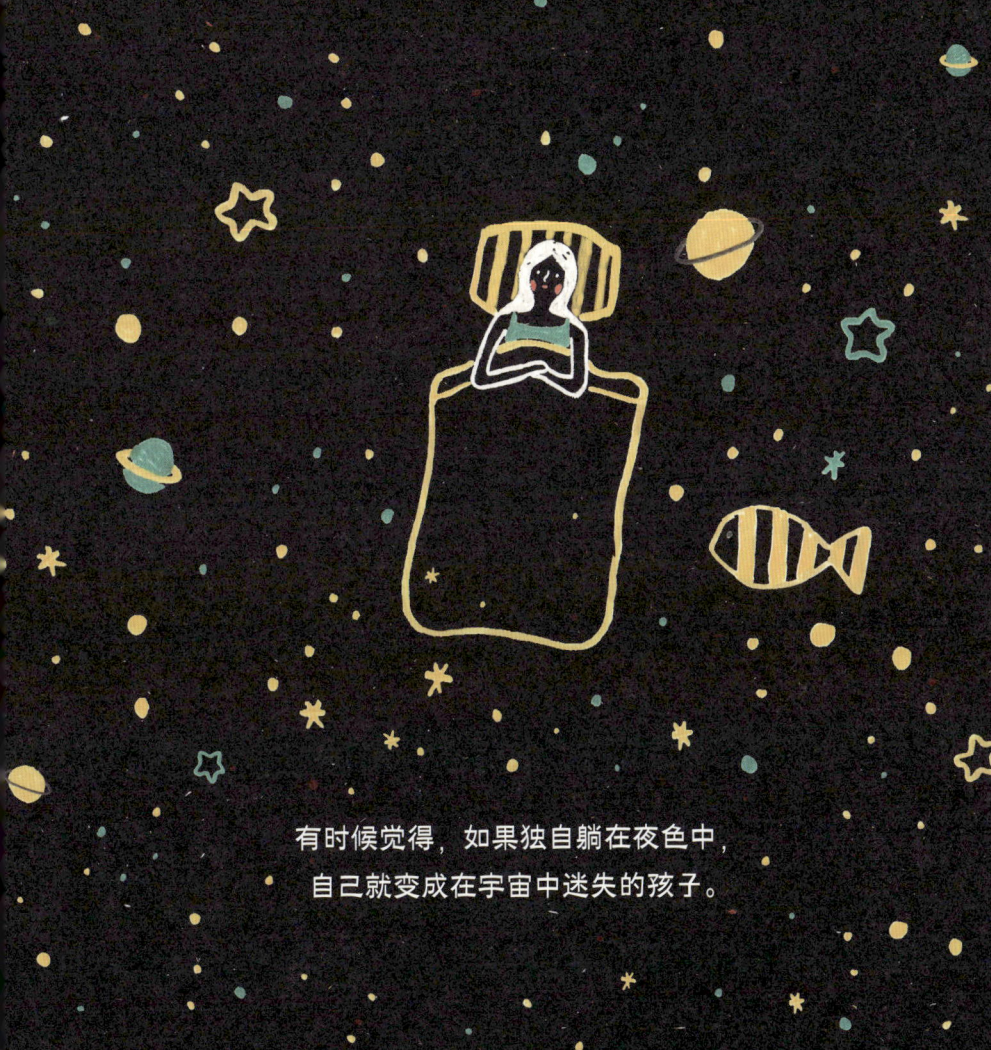

有时候觉得，如果独自躺在夜色中，
自己就变成在宇宙中迷失的孩子。

## 生活中也会有这样的时候

我有一个习惯,当我遇到新认识的人或让我感到不舒服的人时,回到家后就会在脑海中反复回放当时跟对方接触的情景,并把对话内容复述一遍;和完全不喜欢的人在社交软件上聊天后,会在睡前把聊天记录从头到尾看好几遍,反复琢磨有没有说错话的地方。"我为什么要说这句话!""当时应该说那句话的!"这样无数次的后悔会直接和对未来的担忧联系在一起:下次再犯同样的错误怎么办?

据说跟着美剧学英语口语时,一边模仿人物的手势和表情,一边背诵单词,效果会更好。这样看来,我在不知不觉的情况下"发明"了将不舒服的场景留在记忆中的学习方法。当时的情感伴随着场景和对话被储存在脑部额叶上,只会被更加清晰地保留下来。况且这么努力地复习,是绝对不可能忘记的。如果上学的时候也这么用心复习的话……

如果不想长时间储存不喜欢的记忆,便要反其道而行之。处于情绪化状态时,把大脑清空休息一下,当大脑恢复理智时,再把过去的记忆拿出来看看。这样既可以避免因情感交织而储存扭曲的记忆,也可以减少稍有不慎将焦虑演变为过度担忧的危险。

最重要的是,虽然我们有很多很多的想法,但我们本身并不古怪。只要知道这一点,那一切就没什么大不了。

## 07 我不想唯独自己看起来与众不同

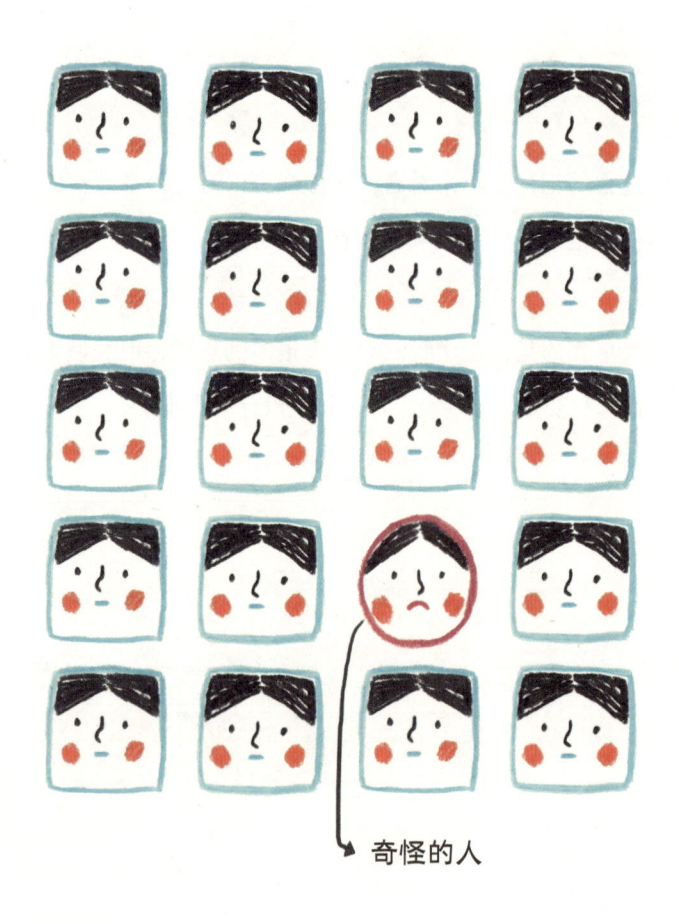

奇怪的人

平凡的人

## 08 等待万物复苏

一条条充满恶意的消息，

一道道令人
感到不适的
目光,

让我像干枯的树叶
一样摇摇欲坠。

在枯叶终于掉落的时刻，
我的心随之沉寂。

我等待着万物复苏的那一天。

## 09 只有完美才能被爱吗

带有完美主义倾向的人最应该小心的是，

不要因为"现在的我不够完美，

我得更完美",

从而否定现在所拥有的价值。

## 希望今天也能就这样度过

　　有完美主义倾向的人总是倾向于关注不完美，认为自己应该变得更好。对自己是这样，对他人也是这样。不要误会，这种完美主义倾向本身并不存在问题，它不是一件坏事。意识到自己的不完美并且想要变得更好，这有什么问题呢？只是我们需要区分"完美"和"有价值"。"只有完美才能得到认可，才配得到关爱"这个认知，一不小心就会让人觉得"只有完美的人才有谈权利的资格"。最可怕的事是自降身价，即使在遭遇不公平的事情时，也会认为自己就应该受到这样的对待。因此，千万不要把自己的不完美和自身的价值联系在一起。不完美和作为人享有的权利没有任何关系。

　　这段时间里，每当我想要通过实现某一目标而变得更好的时候，内心都会期待在实现之后得到认可或关心。但这种想法是错误的吗？是没有自尊的行为吗？如果想成为一个认可自身价值的人，就不应该努力变得更好吗？并不是这样的。任何人都可以期待他人的认可和关注，并以此作为努力的动机。这也没有错。但是，不要认为自己所做的努力和取得的成就是决定自身价值的绝对因素。那样的话可能会形成恶性循环，导致我们越努力去做好某件事，自尊心反而越低。

完美主义倾向很难在短时间内得到改变。既然带有完美主义倾向，那么即使不完美，即使不会变得更好，也要相信自己有充分的存在价值。

希望你今天也能以轻松的心情度过。

# 10 真羡慕那些轻轻松松就能做得很好的人

真羡慕那些轻轻松松就能做得很好的人。

比如不刻意减肥也很苗条的人,

啊……用脚拍照片吗？好厉害！

不管做什么都很擅长的人，

啊……闭着眼画都像是世界名作！

才华横溢的人。

我却总是很吃力，

减肥中……

很吃力……

朋友圈照片拍摄中……

难道我什么天赋都没有吗?

不是的,
不是这样的……

为什么只有我……
我不会再快乐了……

无论做什么都轻轻松松的人
最让人羡慕了。

## 没有天赋的人

自己什么天赋都没有，有时候会自怨自艾。没有天生的才能，不是天生的美人，甚至也不是招人喜欢的社交型性格。无论去哪里，总是拿自己不足的方面和别人比较，所以做什么都不满足，做什么都不行。我害怕自己的人生止步于此。我也想拿一个第一名……或许是怕我会忘记，所以世界总是让我认识到自己是个没什么特别的人。每次遇到这种情况，我都会消沉，需要很长时间才能恢复。

可笑的是，我知道自己因为无法得到而伤心的同时却又无法真正接受它。不，实际上是我不想接受。我不想知道那些针对我的不足之处提出的建议。我也像天生带着傲气的人那样，长时间徘徊在自己的舒适圈里。后来，我从内心深处接受"没有什么是天生的，这也是有可能的"，这让我开始对自己所做的事情逐渐感到满足。

人生渐渐变好是从丢掉"我的人生理应一帆风顺"这种想法开始的。因为真正的接受背后，是爱自己的过程，而非盲目地去努力。当然，一开始我们会对世界的不公平感到气愤，也许之后还会继续懊恼。但是在这样不断重复的过程中，总有某个时刻，我们也能毫不委屈真正地接受自己。只有接受了"在我所拥有的范围内尽我最大的努力"这一老生常谈的道理，我们才能进入下一阶段。

　　作为真正的我活着，意味着要毫不怀疑地接受我不是生来就是自己想成为的那种人。即使不自然，即使很吃力，也没关系，因为那里有只属于我自己生命的绚丽。

## 充电小心思

想混日子却没有勇气的时候

有的时候想就这样混混日子。

买一送一时只买一个。

没关系!
我就买一个!

你好,这个是
买一送一……

因为有点儿扎眼
所以不太常戴的帽子。

不看别人的眼色自由搭配。

不洗脸就睡觉。

自娱自乐。

### 自娱自乐

被残酷的现实束缚,无法期待明天的时候,就会想着"就这样混混日子"。但是如果无法痛快地拿出勇气的话,那就自娱自乐吧。因为光是比平时多用几格厕纸或者无视一些琐碎的事情,也能感受到脱离日常生活的快乐。没办法立刻摆脱束缚而感到郁闷的时候,推荐你在小区里假装旅行般转悠一下!虽然听起来很奇怪,但如果你去尝试一下的话,就会发现非常有意思。

### 为什么不呢

生活中需要一些无用的事情,没有理由做,但也没有理由不做。这些无用的事情使我们的生活变得更加多彩和愉快。如果能对别人的目光少在意一点儿,如果能从日常行为中稍稍偏离一点,那么今天会不会更有趣呢?

## 消极的情绪交织如麻的时候

势能转化为动能的时候,

哎呀!

就像苹果从树上
掉下来一样。

抖抖……

曾经想把我毁掉的东西，

都将成为我明天的动力。

呃！啊！

摇晃摇晃。

*请勿模仿

即使那是消极的情绪,

生气……

只要把它变成
我想要的样子就好了。

**反向利用消极情绪**

有时候,不好的事情似乎会一下子席卷而来。到最后,竟然不知道到底是事情让我难受,还是自己让自己难受。这个时候,把不好的事情带来的负面情绪当作解决问题的动力吧。如果负面情绪不能及时得到消化,一次一次地积聚,那么随着时间的推移就会变成忧郁或无力。所以,引起负面情绪的情况出现时,一定要抓住那一瞬间,好好利用。

**相同的情感能量**

有消极情绪并不意味着就会变成坏人。思考一下就会发现,过去的正能量因受挫而转换成痛苦和愤怒,结果只是形态不同,情感能量仍然是等量的。所以,如果能反向利用这种情感的话,不仅能消除不适的情绪,还能帮助自己朝着希望的方向前进。

## 感觉只有自己的人生原地踏步的时候

呃，当时为什么会那样啊?

### 1.和过去的自己比较

动物放大法.

2. 只放大喜欢的东西

## 3. 凡事都往好处想

### 和过去的自己比较

如果你觉得，不管怎么努力，人生都没有什么变化的话，那就和过去的自己比较一下吧。首先闭上眼睛，想想自己人生低谷期的时候，然后从现在开始使用第三视角去审视。那是一个和现在的我完全不同的人。找找看，和那个人相比，现在的我有没有哪怕是一点点更好的改变。

### 只放大喜欢的东西

我们通常倾向于放大不好的事情。在内心疲惫不堪的时候，我们有200%的可能性把做得好的事情缩小，把做得不好的事情放大。思维会受到情绪的影响，当我们心力交瘁时，更容易产生消极的想法。所以希望大家能毫无顾忌地放大自己的优点。如果总是想起后悔的事情或者失误，那就把它当作刚才第三视角看到的那个人的吧。

**凡事都往好处想**

　　虽然人生之路不可能一马平川,但是你可以走走停停,从容地欣赏沿途的风景。有时候,原地踏步并不意味着落后于人,因为每个人的目的各不相同,走在前面的人想去更远的地方,而你可能只想盘桓于身边的美景中。凡事都往好处想,那些看上去不好的事情,换个角度,也许就变成了好事。

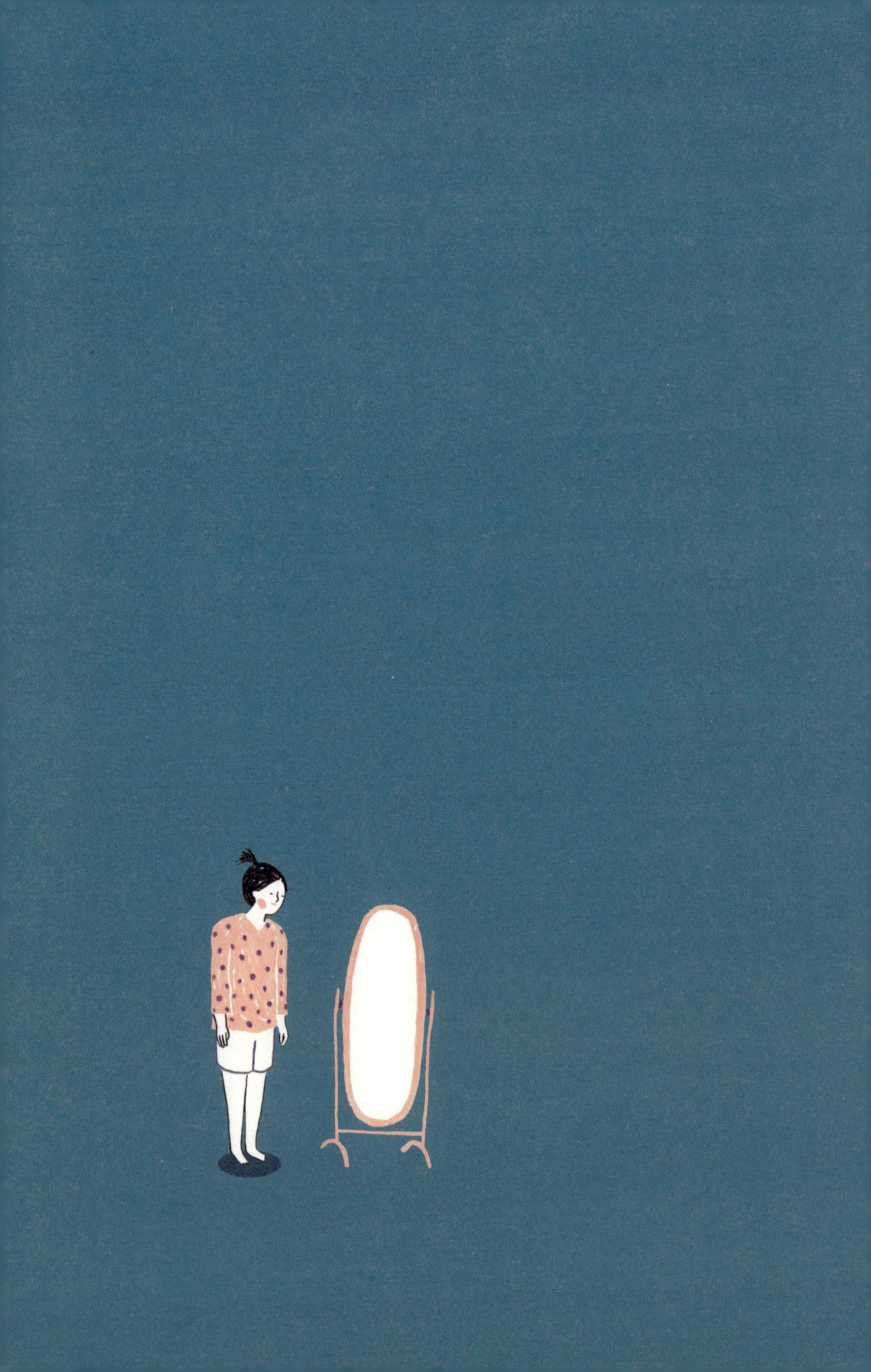

第二章

# 成年人
# 疲惫的一天

# 01 什么是成年人1

什么是成年人?

金助理，不忙的时候能帮我做一下这个吗?

不做这个的话就不忙了……

即使伤心疲惫，
也要笑着完成所有的工作。

这里，这里！

我来了．

用我的钱买酒喝，
结束这一天。

受伤的心盛在酒杯中，
顺着喉咙咽下去。

一边劝自己明天的事明天再说，
一边潇洒大笑。

自己对自己很满意。

## 这就是成年人吗

不断增加的皮肤细纹和不断增大的毛孔,让我们从生理上清楚地意识到自己已经是个成年人了,甚至还有些瞬间会让我们感觉到连自己的灵魂都已经长大了。

当你终于有了通宵玩耍的机会,可也会想"差不多了,早点结束吧,早点上床睡觉"的时候。

不再和蜡笔小新和小恐龙多利产生共鸣,而是更能理解蜡笔小新的妈妈和吉童大叔的时候。

下雪天不再激动的时候。

发现自己不管心情怎样,都会顶着一张扑克脸默默地坚持一天的时候。

随着年龄的增长,生活越复杂,我们就越喜欢简单的东西,喧闹的内心也被盛在了酒杯中。对于以往那些无论发生什么事情都会一一倾诉的朋友,现在会因为担心他们嫌自己唠叨而避免去打扰他们,又或者因为自己不想浪费精力回想不好的事情,所以在一些细节上不愿意多说了。我只是想把一切都忘了,好好睡一觉。因为明天还有明天的事情要做。

对于这样的自己，我莫名感到有些不是滋味，但有时也会暗暗觉得"这不就是成年人吗"，因此心里充满了欣喜。事实上，连这一点也很像一个期待被表扬"成熟"的小孩子，但那又怎样呢？

努力工作的成年人，比起"表扬贴贴纸"，更应该获得帅气的"'今天也辛苦了'奖"。用自己赚的钱奖励自己！

## 02 什么是成年人2

什么是成年人？

你也到该结婚的年龄了吧?
你知道你现在生孩子都是高龄产妇了吗?

什么,你说什么?

当一个自己所讨厌的人说些冒犯的话时,

你年纪不是跟我一样大吗?

哈哈哈,开玩笑的啦!这么敏感干吗?

没兴趣和他对质,

您换发胶了吗？发量看起来多了很多呢！

哎哟，我好像太没有眼力见儿了。

哈哈哈哈哈哈

而是假装自己没有眼力见儿，随便笑一下。

你赢了!

## 03 今天也在内心默默哭泣

大家今天很开心。

他们真的开心吗?

如果有"不开心就直说站"的话，
该有多好哇！

如果有人能和我说"不开心，也没关系"的话，
该有多好哇！

## 社交微笑

总的来说，我懒得说话，做表情也嫌麻烦，所以一个人的时候表情几乎没有什么变化。但是为了生活，需要和人说话的时候，我会努力做出合适的表情。工作的时候，和朋友见面的时候，甚至和家人在一起的时候，我都觉得情绪劳动真是没完没了。

在需要安慰的时候，找不到可以依靠的地方，就这样独自坚持着。即使在过得不太好的日子里，也要一直面带微笑（社交微笑），因为这样能掩盖内心的哭泣。

别人好像都过得很好，为什么只有我这么累呢？其他笑着的人心里会不会也有着其他表情呢？即使知道累的不只是自己，这也不会让我感觉好一些，但偶尔觉得自己也没有那么孤单，反倒会让我感到一丝安慰。

希望我们都能在不太好的日子里告诉对方自己并不好。

"不太好,也没关系。"

## 04 坦率也是一种魅力吗

曾经以为坦率是一种美德，

觉得那些不说实话的人非常伪善,

却完全没有意识到自己的坦率可能非常不礼貌。

你真的好直接呀!

是吗？这就是我的魅力呀!

我们得分清什么是善意的谎言，什么是伪善。

## 有时会怀念没有营养的对话

以前，看到只谈论自己人生中快乐的、好的部分的人，就会觉得他在吹牛，更不会对他产生好感。与此相反，我觉得只有能够互相分享自己不为人知的一面和艰难的一面，才是真正的感情。所以，越是亲密的人，越会倾向于谈论疲惫的日常或内心深处的苦恼。在我看来，这是在传达"你对我来说非常亲密"的信号。

有一天，结束辛苦的一天之后，我倾听了某人的烦恼。站在相反立场上的我这才意识到，我以为的分享亲密关系的行为可能会给别人带来压力。而且，虽然类似的苦恼咨询要持续好几天，但最初的那种恻隐之心早就消失殆尽了。进入社会后，跌跌撞撞，痛苦与日俱增，而某人在结束一天的生活后还要再往我身上增加痛苦，我开始怀疑：这是真正的朋友吗？于是不禁怀念起平日里那些浮于表面且没有营养的对话。

即使只是聊一些开心轻松的话题，可对有些人来说，这可能就是自己敞开心扉的样子。因为世界上有各种各样的人，有各种形式的心灵交流。在大家都度过了艰难的一天后,有想把一个笑话告诉某人并且一起开怀大笑的心情,在这种心情的作用下,也许会有善意的谎言吧。偶尔用善意的谎言或者玩笑话,在对话中创造喘息的空间,这与做作或不能准确表达自己的意思不同。这也许是对爱的人的关怀,也是成熟的现代人的表达技巧。

即使不一一分享人生痛苦的一面,在玩笑之外,只要是可以分享真心的对话,那就是足够真实的我们。

# 05 今天也是看人眼色的一天

沟通的缺失导致自己常常看别人眼色，

对了！之前那件事情怎么样了？

啊，嗯嗯！

工作还顺利吗？

因为很在意自己在别人眼中的形象。

现在该我问点儿什么了。我该说什么呢？我现在看起来很尴尬的话怎么办……

啊，见到你真的很高兴！

关系还在人却已经疏远了，

因为在充满"我"的世界里,

他们只是模糊的存在。

## 真正的沟通的缺失

虽然总是看眼色，但因为自己没有眼力见儿，所以很多时候很难与人打交道。总是看眼色却被人说"没有眼力见儿"，多少有点儿委屈。经常看别人眼色行事的人，在社交时的不安感也会随之增加。如此一来，将内心的能量用于处理这种不安，便难免会缺乏对他人、对事情的关心和了解。

例如，在对话时，由于担心出现失误而产生的紧张，为了向对方展示好的形象而产生的无意识强迫感，都会让我们越想做好，对话反而越困难。

"别人现在会怎么看我？如果觉得我奇怪或者丑陋怎么办？"

大脑里充满了这种不安，便会忘记交谈对象的存在。因此，我们会说出一些离谱的话，或者不知道该怎么将对话进行下去，只能尴尬地笑。因为没有精力关注对方，所以也想不出要说些什么。

这种"看眼色"，焦点并不在对方身上，而在自己身上。所以于对方来说这不是他真正需要关心的，难以形成有效的沟通，应有的关系自然也不可能产生。消极的预测或不安变成现实后，更让人坚信自己的预感是正确的，而这只会强化错误的想法。

"果然是因为我，关系才不好的。还是一个人比较好。"

一段关系中需要你我共存，但在这种情况下，既没有"我眼中的对方"，也没有"我眼中的我"，只有"担心对方的看法的我"。但那并不是因为我是个冷漠的人，只是因为我是如此不安，以至于自己照顾自己就已经很艰难了。

所以，如果你是一个在谈话时很容易感到紧张的人，那么就不要耗尽精力过度地配合对方。关心他人和一味迎合是不一样的。尽管交流的方式不同，但只要真正地包容对方，那么对方一定会感受到你的真心。

## 06 你为什么想哭

想放声大哭却没有一滴眼泪。

有时很想抛下一切，却始终没有勇气。

有时会在心里默默哭泣。

我真的是个成年人吗？

## 07 不想再愚蠢下去了

不要因为自己做过蠢事，
就认为自己是一个愚蠢的人。

每一个人都曾愚蠢过，

因为我们不是圣贤。

## 不要因为自己做过蠢事，
## 就认为自己是一个愚蠢的人

　　这是几年前一位著名的流行歌手去别国演出时发生的事情。由于没有遵守预定的出入境时间以及没有进行彩排，歌手被指态度不端正，在网络上引起了相当大的争议。期待已久的粉丝们在演出结束后，纷纷前往这名歌手的个人社交账号发表谴责和抗议的言论。歌手的行为确实有失专业，但主办方也有着不可推卸的责任。看到这种情况，我还是觉得这个社会对名人的宽容度实在太低了。当然，滥用职权的人应该受到谴责。但是，也许是因为我们生活在一个以谦虚为美的社会，如果拥有名声或权力的人表现出一点不友善或傲慢的态度，就会被以过于严格的标准对他们进行审查或批评。

　　也许那位歌手做出这样的行为并不是因为他的品德有问题，而是人本身就很容易变成那样吧。我们可能具有脆弱的道德品质，容易受到我们所处环境的影响。所以，我们更应该保持警惕，不要让自己拥有的美好事物挡住自己的视线，不要用困难的情况来使自己的态度合理化，也不要随便对待自己。

长大了不一定就变成熟了。我们依然不懂事，会给自己和他人带来伤害，会一边后悔反省一边屡次犯同样的错误。在这样的日子里，我们做了各种各样愚蠢的事，但这也许是体现我们是人的最好的证明。所以，如果有后悔的事情，在过度自责爆发之前，在适当的时间点，停止自我反省，只要努力成为比以前更好的人就足够了。不要把自己丑陋、渺小的样子和现在的价值联系在一起。

过去，是一种你越想逃它越追，想抓住却已经消失了的东西。如果过去要蚕食现在，那为什么不狠狠地踢一脚被子，然后闭上眼睛去见见过去的自己呢？脑海中浮现的自己，可能是孩子，可能是少年，也可能就是昨天的自己。

紧紧地去拥抱自己吧，什么都不必多说。我希望你不断地重复这个过程，直到你能从内心深处接受自己不是一个愚蠢的人。

## 08 关于独立的梦想

哎哟，看你那副样子……

妈，你为什么那样说话？！

即便是长大了，
也还是会和妈妈吵架。

我真的要独立了，
谁都不要拦着我。

虽然每次吵架都梦想着独立，

但是没有钱……

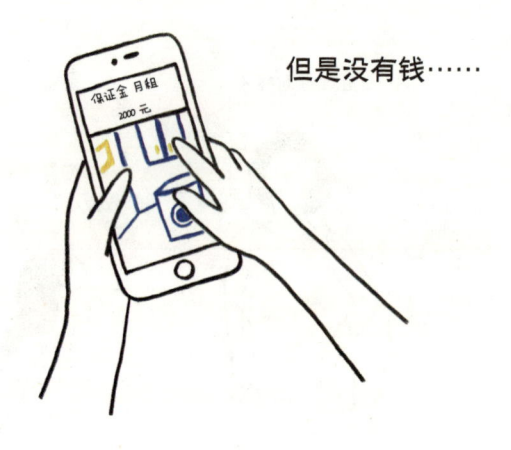

得对妈妈好一点儿……

# 09 为什么不懂得拒绝

你有讨好型人格。

地瓜，可以帮我个忙吗？

好的好的，我来帮你！

如果你不懂得拒绝别人，一定要记住这两点：

一是不要明明不情愿还过度散发好意。

二是不要期待从对方身上获得过多的好意。

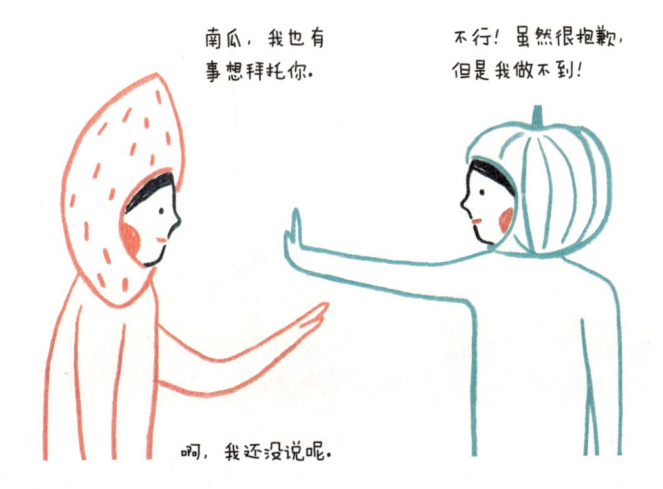

南瓜，我也有事想拜托你。

不行！虽然很抱歉，但是我做不到！

啊，我还没说呢。

如果能做到这两点，那么 80% 的人际关系问题都能得到解决。

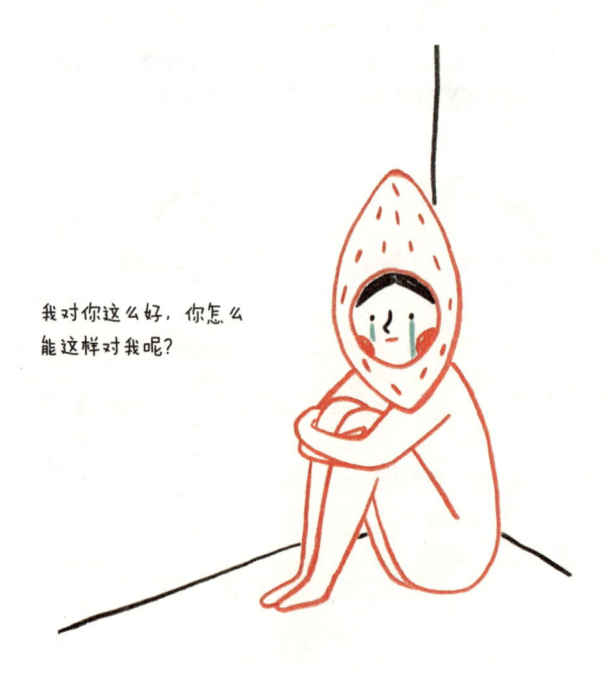

我对你这么好，你怎么能这样对我呢？

# 10 今天也踩到屎了

喂,你知道我是谁吗?你算什么东西!

什么鬼呀!

活得久了总是会遇到奇怪又让人委屈的事情,

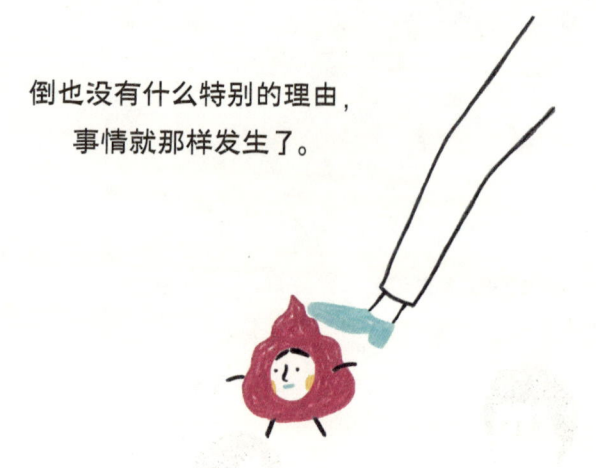

倒也没有什么特别的理由，
　事情就那样发生了。

不是因为我不努力生活，
　也不是因为我不够小心，

而是因为这些事情并不在我能控制的范围内。

## 远离以贬低他人为乐的人

今天竟轻而易举地踩了一脚屎。日子过着过着,当自己信誓旦旦地觉得自己已经见过太多奇奇怪怪的人的时候,又出现了新的奇怪的人。世界上到底有多少奇怪的人存在,真是太令人好奇了。在各种奇怪的人当中,尤其要小心遇到"自尊心小偷"(贬低他人,让他人无意中开始察言观色,从而伤害自己自尊心的人)。他们有一个特点,平时屏息潜伏,看到内心脆弱的人就会本能地接近。

以前我遇到过一个人,每当我累的时候,他总是在我身边安慰我。有一天我久违地遇到了一件好事,然后他突然开始贬低我获得的成绩,暗暗流露出"发生在你身上,嗯……似乎是件好事"的勉强意味。是的,那段时间,他将我的不幸和自己的当下比较,以相对的优越感肯定了自己存在的价值。

还有一种类型的"自尊心小偷",他只有在累的时候才会来找我。当然,有一个在困难的时候能来找我的人是一件值得感激的事情。也许是因为我是个值得信赖的人吧。但是,无论是什么,"适当"都很重要。如果有人无时无刻不在发牢骚,像吸血鬼一样汲取你的精力,然后每次招呼都不打就消失的话,就应该在适当的时间点喊一声:"停!"因为如果长期扮演他人"情感垃圾桶"的角色,有人就会逐渐把这视为理所当然,甚至可能会失去对他人应有的感激或歉意。如果把本来不是理所当然的事情当成理所当然的事情去做,一不小心就会影响到自己。

然而,无论我们多么小心翼翼地生活,都有可能卷入令人委屈的状况之中。这时要小心,不要陷入在"状况"和"我"之间建立因果关系的宿命论思想。"为什么偏偏在我身上发生这种事?""这个月我的星座运势不好,果然……""发生这种事情是不是都是因为我?"等想法是不应该有的。有些事情就那样发生了,与我活得有多善良无关。所以,无论遇到什么情况,我们都有不被那些伤害击垮的权利。

这个时候,与其试图找出原因,或者试图改变现状,不如做一些我能掌控的事。首先,如果有人想伤害我的自尊,那就做一块反光板,而不是一块海绵。不要像海绵一样吸收他们的言语和行动,而是变成反光板,原原本本地还回去。不是以眼还眼,以牙还牙,只要让对方知道自己越线了就行。如果很难做到这一点,也可以简单地采取不回应的态度,远离对方。当没有足够的能量来应对时,把自己置于冲突之中可能会伤害到自己。

重要的是,要把对方以前给予的善意和自己现在受到的负面影响作为单独事件分开考虑。没有人有权利因为向我表达了善意或做出了牺牲就伤害我。一个真正爱我的人是不会让我讨厌自己的。

## 11 人际关系也有保质期吗

最喜欢和你玩了!

我也是!

曾经关系很好的朋友,

酪梨这个人哪……
(嘀嘀咕咕)

因为受到他人的挑拨,

啊，不好意思，
下次吧！

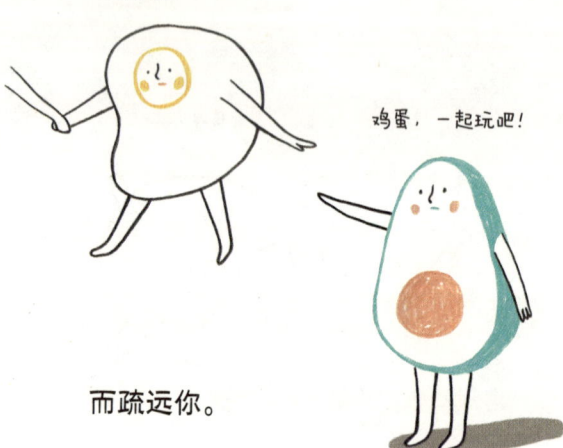

鸡蛋，一起玩吧！

而疏远你。

这时，请你想开点，姑且认为这段关系的保质期到了。

## 无论如何，自己的感受是第一位的

想独处又不想独处，不想成为破坏关系的一方，所以总是下意识地对周围的人过分在意。有的时候，仅仅因为和一个本来就不太重要的人之间的小麻烦，一天的好心情就全毁了。每当这种时候，我就会深切地感受到自己是一个多么依赖关系的人。

过去，我坚信朋友是"可以分享和理解一切的存在"，所以一直只有少数几个好友能成为我的朋友，并且我会过分依赖他们。但有时因为一些说不清道不明的原因，关系会在意想不到的瞬间破裂。某一天突然感觉自己被他们排除在外，或者在原本亲近的人身上觉察到莫名的距离感。因为不知道原因，所以变得更无力了。自己明明想主动恢复关系，但无谓的自尊心让我感到委屈，于是最终就只能放弃这段关系。

有时候，对没有办法的事情，还是觉得算了比较好。但是，即使想要酷装作不在乎，一切终究还是不如意，这就是我们的平凡生活。所以当某段关系的保质期到了的时候，为了不成为

渺小的宇宙尘埃，我们必须找到自己的小妙招。

可以分享工作中的故事的朋友，可以分享家庭问题或恋爱烦恼的朋友，累了的时候想要依靠的朋友，有开心的事情时比任何人都要为我开心的朋友，等等，每个人都有自己最舒适的关系领域。所以，在困难的时候，要寻找各种可以依赖的对象，不要太依赖一个人。这个对象不一定是人，比如，可以是遛狗或游泳，也可以是吃美味的炸鸡或学习乐器，这些都可以成为我们依赖的对象。

人际关系虽然没有正确的答案，但我坚信的一件事是，不管什么时候，自己舒服才是最重要的。无论如何，自己的感受是第一位的。

## 12 现在开始已经太晚了

没有人知道,
现在所做的尝试会得到怎样的结果,

一定会很酷的!
一定会成功的!

所以比起无条件的肯定的祈祷，

无论什么结果都能接受的心态很重要。

即使知道可能会失望,
也仍然充满希望,才是真正的勇气。

我知道事情可能
不会很顺利。

即使这样,我明天
还是要再试一遍!

## 不要在心里给自己设限

"现在开始是不是太晚了?尝试过之后不成功怎么办?"

当我突然想到一些让自己心烦意乱的话时,就想得到一个显而易见的答案。

"没关系,什么时候开始都不晚。""你还没试过就要放弃吗?""一切都会好起来的。"

一个曾经勇敢的孩子,不管想要什么都敢于将其视为梦想,现在却变成了一个胆小鬼。知道世界上有很多事情是付出再多努力也无法实现的,于是忙着衡量梦想。所以当我们害怕面对努力后的结果时,往往会采取二选一的态度:要么自我安慰"我一点也不期待,不成功也没关系",要么热情高喊"一切都会好起来的"。其实这两种态度都是合理的,都是因为我们不想被出乎预料的结果伤害。也许这背后真正的声音是"我很想做好但又害怕结果让人失望"吧。

现在开始太晚了,努力也无法成功。但是,就算晚了又怎么样?就算选择错了又怎么样?我们想要的也许不是冷冰冰的

答案，也不是显而易见的安慰。我们真正需要的是，无论面对什么样的结果，无论结果如何，都会好好活着的信念。

虽然本来就不是随心所欲的，但是为了克服恐惧，就要允许恐惧的存在。在防御失望的同时，尝试去做一件事和接受恐惧并进行挑战，带来的结果在本质上是完全不同的。前者需要付出巨大的心理能量来回避恐惧，因此无法将自身的力量发挥到最大值。

我们在学校里学过很多东西，却没有学习过如何在支离破碎后重新站起来。在瞬息万变的世界里，如果一意孤行，说不定有一天就会被生活击碎。也许，破碎后还能捡起碎片立马站起来的人，就是能坚持到最后的人吧。

未知的人生并不只有不安和焦虑。心动、好奇、兴趣等在可预测的事物中是绝对不能得到的。只有抱着恐惧将自己抛向人生大海的人，才能享受到海浪的乐趣。

也许最令人害怕的不是这个世界，而是提前给自己设限的自己。

# 13 自然法则

加入会员的话打九折呢.

是吗?

嗨,这得下拉到哪儿去?

变老和变胖,
怎么就这么简单呢?

朋友,因为那是自然法则呀!

> 充电小心思

## 面对渺茫的未来只能叹气的时候

这账户余额没搞错吧?

账本整理中……

我决定就算当乞丐也要当一个快乐的乞丐。

马卡龙怎么这么贵?

我这么努力工作,买一个马卡龙的资格还是有的吧?

对自己的消费少一点负罪感,

至少那一瞬间
要完全享受。

唉，好累！

截止日期前.

不要说"越是累的时候越应该积极乐观"
这种陈词滥调，

结束后吃什么呢？

一想到美食心情就很好的人.

我们有权利选择，
哪怕是一点点也能让自己开心的东西。

### 既然是乞丐那就当一个快乐的乞丐

如果每次看到存折余额总是眼睛"冒汗",那就试试转换一下思维吧。就算努力攒钱也还是乞丐的话,那就做一个快乐的乞丐吧!我是一个经常强调"不要刻意追求快乐"的人,但如果这种快乐不是来自精神胜利,而是来自内心真正舒适的地方,那么它一定是正确的。因为我们有权利选择心之所向。

### 制定自己的标准

犹豫已久的旅行、想学的兴趣爱好,在非此事不可的事情上大胆地进行有价值的消费吧。只要按照自己的标准花钱、攒钱,即使存折依然"空荡荡",不安感也会减少。这样的话,心情自然而然会变得舒畅,不就能看到自己周围好的一面了吗?有钱的时候钱只是一张纸,但当我把它用在有意义的地方时,它就会变成"花儿"!

感觉全世界都讨厌我的时候

不是说拿出了被讨厌的勇气,
被讨厌这件事就与我没关系了。

因为也许某个人正在讨厌
这种非常折磨人的感觉。

虽然知道不可能所有人都喜欢我,
我也不可能喜欢所有人,

但是有时候这种话起不到任何作用。

这种时候停止一切想法，

和气　　融融

去见真正爱自己的人。

### 找到适合自己的方法

所谓心的属性，它既不明确，也不固定，谁也不清楚自己的心。因此，揣摩他人的心思，到头来也只是自己的想法而已。但即使是这样，当你感到不安的时候，请还是与支持自己、能给自己安全感的人一起度过吧。当然，你也可以一个人待着，如果这对你有帮助的话。去做出各种不同的尝试，把适合自己的方法付诸实践吧。比起每次都为对方的态度赋予意义，更重要的是要相信，别人喜欢自己、尊重自己才是合理的。

### 真正接受被讨厌的勇气

世界上没有人会觉得被讨厌是一件好事。因为我向对方敞开了心扉，所以就想要得到同样的回报，这是很正常的心理状态。所以，即使你无法心平气和地接受被讨厌，也不要太在意。真正接受被讨厌的勇气不是刻意假装无所谓，而是接受爱我的人和讨厌我的人同时存在。

早晚高峰地铁上灵魂出窍的时候

闭上眼睛沉浸在缓缓流出的音乐声中,

想象自己身处酒吧,

身体里的细胞开始舞动，

"动次打次"

摇摇摆摆

仿佛这里只有音乐和我以及扶手。

在终点站假装无事发生。

本次列车终点站，江南站，请在左侧车门下车……

### 想象是免费的

我找到了在任何人满为患的地铁上都能快乐生存的方法，那就是"观察"和"想象"。要么偷听（因为大部分人说话声音都很大，所以也谈不上是偷听）中年女性的窃窃私语（为了打破尴尬气氛而进行的轻松闲聊），要么想象在遥远的未来，自己出名后接受采访，事先想好届时要说的话。无论何时何地，只要闭上眼睛就能免费获得快乐的想象，这多好哇。

### 属于我的快乐榨汁机

在几乎做任何事情都不容易的每一天，在绝对不可能快乐的情况下，就像用榨汁机榨柠檬一样榨出快乐！在城市度过了漫长的一天之后，我那能让灵魂得到清新滋润的快乐榨汁机是什么呢？

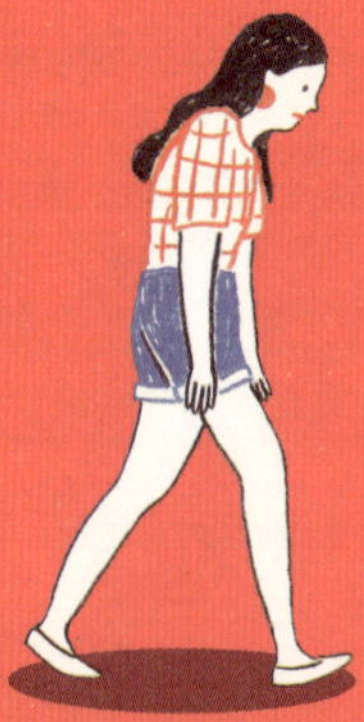

第三章

# 今天和明天
# 都只想宅在家里

## 01 做任何事都有厌倦的时候

没意思。

即使是吃好吃的东西，

看有意思的电影，

网络世界里的我看起来真的很开心，

实际上也是真的很无聊……

## 持续不断的无力感

　　就像在照片上看起来比在现实中看起来会更好吃的食物一样，看着在网络中比在现实中更幸福的自己，有时候总感觉会被空荡荡的内心冲垮。不管做什么都提不起兴趣，所有的事情都很烦心，感觉生活毫无意义。在所有人都没有觉察到的时候，这样的日子来得越来越频繁，强撑过来的每一天都被压在身上的无力感侵蚀着。无力感漫长而可怕，只有经历过无力的"沼泽"后才知道，一直以来自己有多么疲惫。

　　对现代人来说，轻度的忧郁感和无力感比较常见。因为人们的生活很艰难并且容易变得无助，只是我们经常觉得这只是暂时的而将其忽略了。无力感通常不像抑郁症那样体现为社会功能明显下降或有严重问题的行为，周围人也将其简单地视为"意志薄弱"或"努力不足"。当然，人与人之间不一样，有的人过一段时间就会像感冒痊愈一样自然地恢复过来，但是如果在无力的状态下放任自己太长时间的话，那种状态有可能真的

会变成自己的一部分。最可怕的就是给那样的自己打上烙印:
我本来就是懒惰的人,本来就是意志不足的人。

  世上本来没有这样的人。每个人都有自己的故事和缘由。最了解其中的原因并且能够给予安慰的人,只有自己。

## 02 抑郁症克服法的矛盾

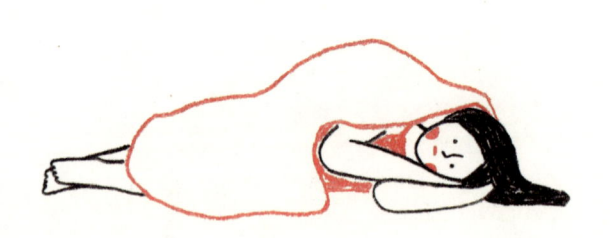

因为抑郁了，
所以完全没有运动的欲望。

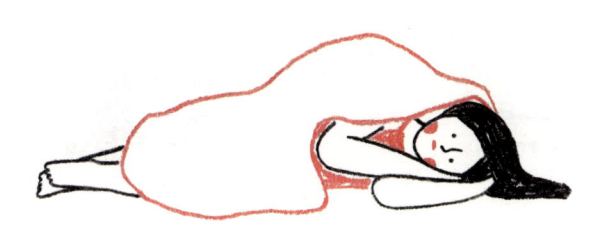

因为抑郁了,
所以完全没有读书的欲望。

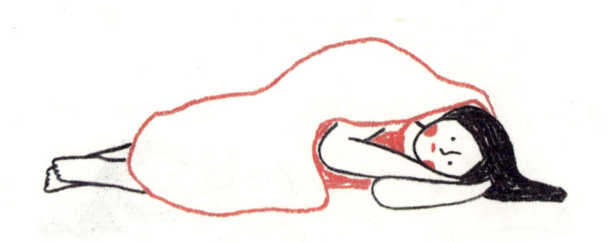

因为抑郁了，
所以完全没有出门的欲望。

不行……

我做不到……

## 能够克服吗

前段时间因为右手受伤,缠了两周左右的石膏。刚开始很担心因此不方便的话该怎么办,但是实际上我才用了半天就习惯了——明明在这期间疼痛也没有立马消减。每当身体不舒服的时候,我都会惊讶于我们是多么容易习惯疼痛,也惊讶于痊愈后我们有多么容易忘记疼痛的感觉。我们很快就能适应和习惯自己的处境。

就像身体的痛苦一样,内心的痛苦也很容易适应。如果痛苦持续下去,甚至还会忘记自己曾经是以怎样的心态活着的,于是痛苦就变成了默认状态。虽然脑子里知道遵守基本的日常生活对于克服忧郁感是很重要的,但真正经历忧郁感的时候就会发现这并不是一件容易的事情。因为情绪低落,所以很难维持有规律的日常生活,但一味地让人克服并不是一种好的治疗方法。正是由于这种矛盾,很多人反而因为自己没有靠意志克服忧郁而陷入自责。

情感和思考与我们的身体相连,所以忧郁感实际上也会影响我们的身体。因此，经历过长期的忧郁或无力感之后，看似简单的事情做起来也变得困难了。如果身体不舒服就应该去医院接受专家的帮助，我们对此丝毫不怀疑，但我们却错误地认为内心的痛苦就应该用自己的意志或精神力量去战胜。要记住在内心痛苦的时候，一定要向他人求助。尽力得到周围人的帮助，一步步解决导致忧郁感的现实问题，这一点很重要。

比起宏大却不着边际的目标，"开始"是更具体、更容易的目标，它最好是能切实实现的。比如"一周一天，阅读一页""一周三天，每天散步五分钟"等等。

哪怕十分微小，但只有学会积累这种不断重复的成就感，才能恢复对自己的信任。即使一下子很难做到，也希望你能保持自己的速度。还有，晚上躺在被窝里一定要表扬一下自己，因为你为了爱自己已经竭尽了全力。

## 03 翻好友列表的夜晚

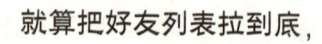

就算把好友列表拉到底,

也找不到能分享
伤心难过的人。

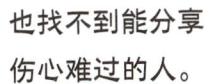

即使是这样,
还是会回复给我发消息的人。

情绪非常低沉，

这种时候多想听到有人对我说：
"今天很累了吧。"

## 04 身处人群之中却如此孤独

在外面和朋友见面后,

回家的路上,

不知道为什么
突然觉得很孤独，

也不知道为什么情绪很低沉。

一回到家就很疲惫，

一句话都不想说。

# 今天也取消约会

越是被孤单压倒，越无法与人见面。我不想和别人说说笑笑之后在回家的路上感受到更深的孤独，也无法忍受明明身处人群中却总有一种独自漂泊的感觉，这让我变得越发孤独。我经常取消和别人的约会，把自己隐匿起来。因为对我来说，相对孤独比绝对孤独更可怕。

没有人能和我分享所有的时间。就像拆东墙补西墙一样，靠别人来弥补孤独，反而会让人更加孤独。尽管如此，我还是在期待并寻找能一直陪伴自己的人。不只是因为想和对方在一起，更是因为自己无法独处。

但是孤独并不会随着他人的陪伴而消失。只有当你不需要寻找的时候，才能成为可以把别人留在身边的人，这时候你才能稍微忍受一点孤独。

在那之前,你只能慢慢学会如何面对孤独,如何与自己相处。

## 05 这样生活也没关系吗

虽然不安的情绪从未停止过，

但还是什么都不想做。

这样生活也可以吗?

真的没关系吗?

## 什么事都不想做

有时候，明明身体什么都没做，却因拖延带来的负罪感和持续的不安而备受折磨。因为某种原因而产生的不安感会随着时间的流逝扎根下来，即使原因消失了，也会让自己一直处于不安的状态。这就是焦虑成瘾。焦虑成瘾后随之而来的无力，通常容易出现在具有完美主义倾向的人身上。想做到多么完美，就需要消耗多少能量，所以休息的时候要好好休息，但是休息的时候也不安心，所以不安感自然会持续下去。不安的产生是因为我们想把事情做好，但矛盾的是我们什么也做不了。

这种时候，很容易产生的行为之一就是"一定要在网络上多看看其他生活得很好的人"。这样一来，不安的情绪和消极的想法就会增加，一个接一个的想法接踵而来。

"我是第一次经历人生，所以很笨拙，但是大家怎么能过得那么好呢？"

"其他人都很认真地生活……我也想努力生活，但我没有干劲儿。"

这种时候，为了摆脱焦虑成瘾，无论管不管用，开始做该做的事都是唯一的解决方法。如果实在做不到，可以稍微散散步，让脑袋放空。因为当你感到不安时，脑海中浮现的想法很可能是消极的，所以还不如停止思考，做些可以让你放松的事情。

# 06 需要更多时间的人

现在都几点了?
还不去进行光合作用!

我知道你是因为爱我才那样说的,

站在正中间好好淋雨！
这么珍贵的雨都浪费了怎
么办？

我知道你是因为对我抱有期待才那样说的，

即使这样,也请偶尔体谅我一下,
偶尔等一等我吧!

因为我

与别人相比

可能是

需要更多时间的人。

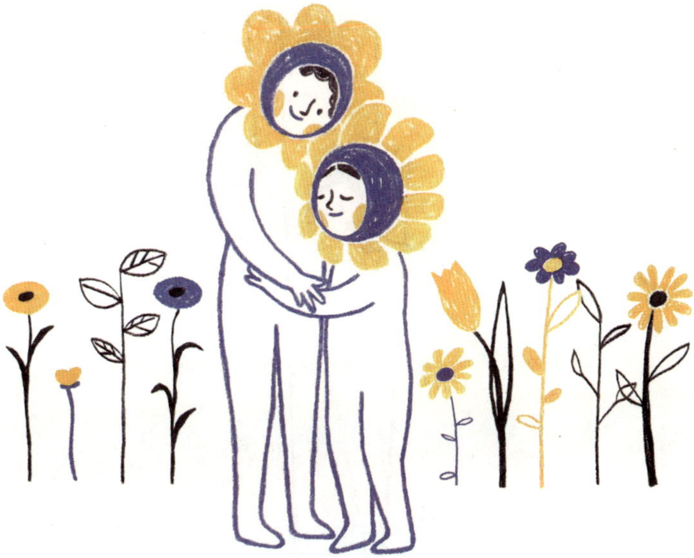

# 07 对无法左右的事感到疲惫的时候

对无法左右的事感到疲惫的时候,

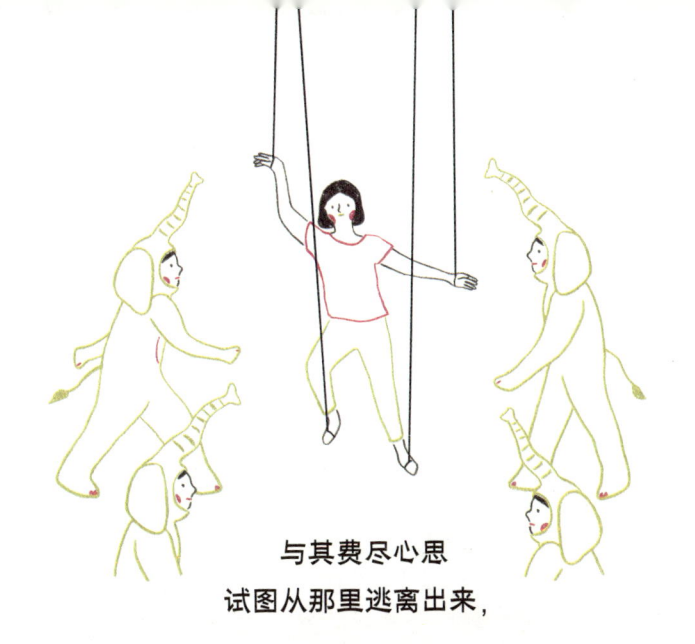

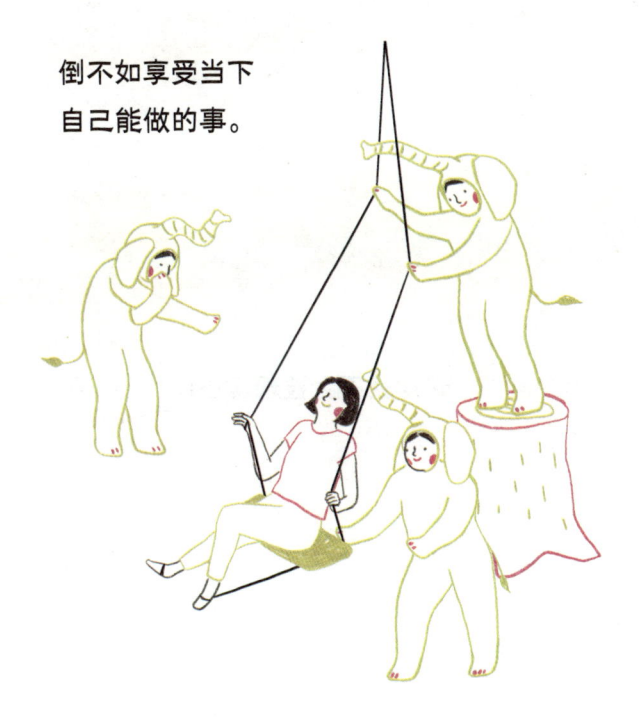

与其费尽心思
试图从那里逃离出来，

倒不如享受当下
自己能做的事。

这样就不会被现实击垮!

## 休息一下，重新快乐

当我们因为无法控制的情况而感到无力时，就会寻找更刺激的东西。即使是看电影也会看恐怖片或灾难片，吃辣的食物时还要再抹上一层辣椒酱。比起和让我感到舒服的人在一起，我更容易因为那些让我疲惫的人而迷失自我。这时我很难集中精神去做任何事情，听喜欢的音乐或静静地看书等日常的快乐会明显减少。因此，当无力感停留一段时间后逐渐消退，有时连洗澡时身体的那种感受都让人觉得陌生。

如果长期感到无力，身心就会变得疲惫，仅仅是日常生活周围的刺激都会增加我们的疲劳和压力。这样下去，我们用于感受情感或感觉的精力就会减少，快乐或幸福的感觉也会随之变得迟钝。在这种情况下，我们更容易把精力投入混乱的事情中，就像我们会寻找充满刺激的电影或食物一样。只有像心里痛苦一样的痛觉，人们才会觉得那是一种感觉，所以令人悲伤的是，我们最终会让自己的心更痛。让我们难受的情况一般都是负面的或者有强烈刺激性的事情。因此，我们越是无力，越会沉浸在让我们难受的情况中。讽刺的是，为了摆脱这一困境而付出的努力，最后也会变成能够再生产负能量的形态，让我们陷入越努力越无力的恶性循环。

《别想那只大象》（*Don't Think of an Elephant*）一书的作者、语言学家乔治·莱考夫在大学里上认知科学概论课时，给学生出了"别想那只大象"的课题，但是据说没有一个学生成功解决。当我们的大脑听到一个单词时，它会自动激活相应的框架，即使它是一个否定这个词的框架。

如果你想限制孩子的行为，那么把他们的注意力转移到其他更有趣的事情上比一味地让他们忍耐更容易。成年人也一样。因为有事情要做，所以打开了网络搜索框，但是随着意识流点击各种有趣的内容，结果把本来要做的事情忘得一干二净。让我们来反向利用一下这种情况。在自己控制不住地痛苦的时候，不要专注于试图摆脱这种痛苦，而是把精力转移到自己能做的、想做的、快乐的事情上。

通过这种积极的尝试，唤醒迟钝的感觉后，就可以慢慢提高心灵的能量值，然后用这种力量解决问题。如果因为大象总是浮现而感到很累的话，不妨休息一下，找一找能和大象愉快相处的方法。

# 08 社交让人精疲力竭

活泼的朋友→会兴奋地回应我→和我一起笑到精疲力竭

冷漠的朋友→受不了突如其来的安静→夸夸其谈，
直到精疲力竭

——听说这里是胡萝卜美食店。
——这家店胡萝卜做得挺好呢!
——要喝胡萝卜饮料吗?
——天哪,太好喝了!
——吧啦吧啦……

一对一见面的时候→不得不说很多话→说到精疲力竭

一群人见面的时候→一直在思考应该什么时候插话→看眼色看到精疲力竭

我们家管家啊……　　　　那……那是我的饮料……

和有点难相处的人见面的时候→害怕出错,所以下意识地自我审查→艰难到精疲力竭

郁闷……郁闷……

和亲近的朋友见面的时候→只有在亲近的关系中才能进行
极度郁闷的对话→郁闷到精疲力竭

## 09 宅家能力满级

宅男、宅女们
从走出家门的那一刻开始,

宅家能量就开始衰减，

宅家能量

* 宅家能量是什么？
宅家时间内维持的数值由于外部活动不断降低，回家休息时充能，反之迅速衰减。

体内的辣度、

甜度降低的时候，
也会出现类似的情况。

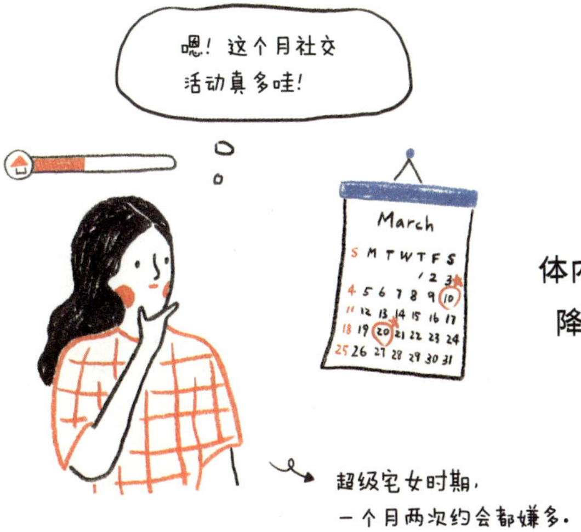


体内宅家能量
降低的话，

必须得在家里充能。

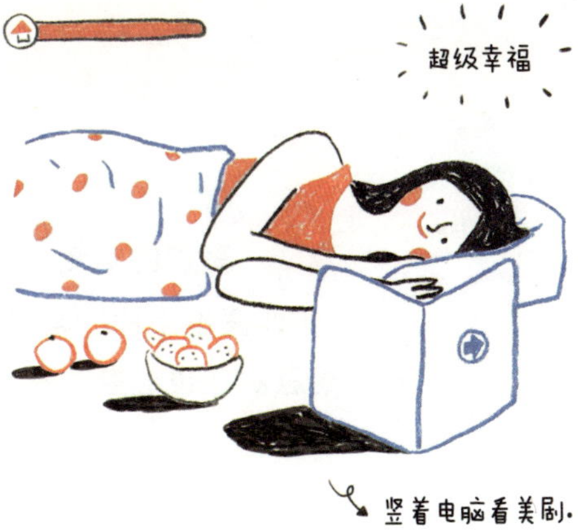

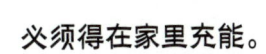

真正的宅女，
即使不出房门半步，
光靠胡思乱想也能度过充实的一天。

## 被子外面很危险

我曾经是很擅长独自玩的人,那个时候不仅一个人去咖啡厅,还一个人看电影,一个人喝酒,一个人购物,一个人吃饭,连工作都不喜欢团队合作。在这样的生活中,唯一不方便的就是没有勇气独自去"两人以上点餐"的烤肉餐厅。

但这并不代表那个时期的我对人际关系没有欲望。结束一天的工作回到家后,我把自己缩成一团,在网上翻看人们三三两两聚在一起有说有笑的照片,怀疑自己是个不适合这个世界的有问题的人。

但是真正与人见面,做了各种事情之后,我还是觉得,和快乐相比,精神上带来的消耗更大。即使是和喜欢的朋友在一起,比起享受这个场合,我更觉得应该努力做点什么。所以我总是想着"还是一个人舒服",没有人叫我就不会出门,也不会主动联系别人,大部分事情都是一个人做。因为连电话也不经常打,主要使用短信或聊天软件,所以有时候某天晚上会突然意识到"啊,今天没有和别人说过一句话"。这样说的话让人听起来挺心疼的，但对于我来说，那种生活没什么特别的，让我觉得非常满足。

宅男、宅女主要是在家休息时心理能量能得到充电，反之，外向的男生和女生则通过外出活动获得能量。所以个人倾向不同，对休息的需求也不尽相同。内向性强的人如果情绪消耗殆尽的话，和朋友的约会对他来说也不是休息，而是一种"需要处理的事情"。不是因为不喜欢玩，而是因为在他人面前切换成社交模式要花费不少精力。

"这样只待在家里不无聊吗？"

"周末了，一整天在家干什么？"

如果被问到这样的问题，宅男宅女会非常慌张。懵懂的众生啊，你们真的不知道，只待在家里的一天能过得多么精彩快乐！

如果能以包容的心去理解不同的倾向那是最好的，但即使大家都不理解我，也不代表我是个奇怪的人，所以不要担心。

如果想要照顾好自己的内心,只要按照自己最舒服的方式充电就可以了。当我以最自然的状态与他人相处时,我可以很好地照顾到自己,也可以很好地照顾到我在乎的人。只要把我的情况和想法提前告诉他们,并得到他们的理解,那么真正爱我的人会为我等待足够长的时间。

# 10 努力能当饭吃吗

啊,是果子!

意识到自己已经足够努力了的时候最累。

我们必须接受，

现在能摘到了吧……

有些事无论怎么努力都无法完成。

呃，怎么还是摘不到！

算了，放弃了反而舒服点儿。

这句话会让我们无法付出更多努力，也无法继续尝试。

但是某一天回过头看，那些努力依然还在。

你曾经付出的努力会成为帮助你走下去的力量。

## 放弃了反而舒服点儿

有些时候，我觉得我没办法再努力了，现实和理想之间的距离仍然很遥远，无力感无限增大，身心也陷入停滞状态。很多时候，人感到累并不是身体上有多累，而是感觉到，无论再怎么努力也没用。如果我没有加倍努力，就不会发生任何事情，也就不用面对我的极限了。

因为持续的过度疲劳，感觉身体出了各种问题，去遍了各种医院，都得到了同样的答复：

"是神经性的，尽量别让自己有太大压力。好好休息吧。"

我心里嘀咕着："如果能休息，那我为什么要来医院？"

这时，医生好像看透了我的心似的补充一句：

"走路的时候腿疼该怎么办？"

"当然得休息了。"

"是吧。得休息一下再走吧。当然，你也可以换一双舒服一点儿的鞋子继续走下去。但是腿会很累的。那么，到底是什么让你变成这样的呢？"

那一瞬间，我愣住了。说到底都是为了幸福的生活，那么我为什么会走到这个地步呢？我是不是觉得如果原地踏步，停滞不前，就会输给自己，输给世界，所以一直忙着驱使自己的身心呢？

这个社会似乎把克服自身局限视为一种了不起的美德。但是我们必须要克服局限吗？如果是这样，那么什么才是真正的克服呢？出现一个显而易见的像样儿的结果？不断受挫却仍然不知疲倦地再次挑战？知道自己已经到了极限，在精疲力竭的时候懂得休息，这才是真正的美德吧。学习如何面对挫折感，也许这是人生中重要的价值之一。

让我们心力交瘁的"足够的努力"不会平白无故地消失。总有一天它一定会以另一种形式帮助我们。所以，如果你已经付出了足够的努力，那么这次不妨放松一下，稍微休息一下。

### 充电小心思

**担心看不见的未来而无法入睡的时候**

对未来感到不安而失眠。

很晚入睡，很晚起床，

因为疲惫，又把今天的工作推迟到明天。

未来变得更加让人不安,

陷入死循环……

### 自助咨询

在失眠非常严重的日子里,想想为什么会失眠也可以让自己感到很安心。让我们扮演一个理解倾听的角色,通过"自助咨询"来安抚心灵吧。

### 将问题客观化

想一想"现在我是因为什么而心烦意乱呢""原来有这种苦恼哇",然后用文字写下来将问题客观化吧。对未来感到不安,也意味着我们非常想把事情做好。因此,与其过于担心或试图消除不安感,不如先承认不安感的存在并了解它。

### 要小心凌晨

我经常在凌晨更容易进行感性思考,所以在不安感扩张为过度且不切实际的担心之前,要适当地阻止它。

自信心跌入谷底的时候

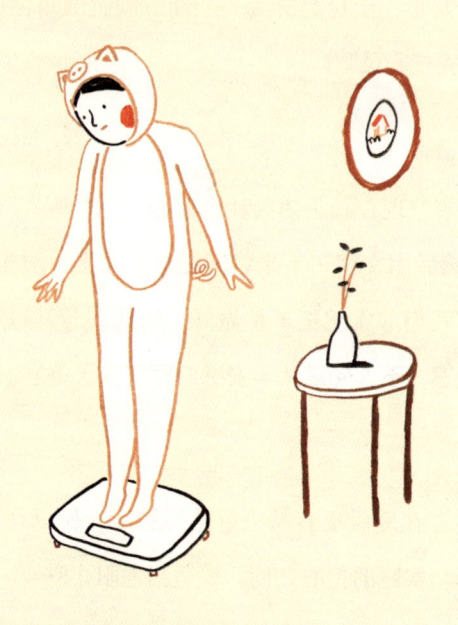

我家的电子体重秤根据地面水平状态的不同
计数会有细微的变化,

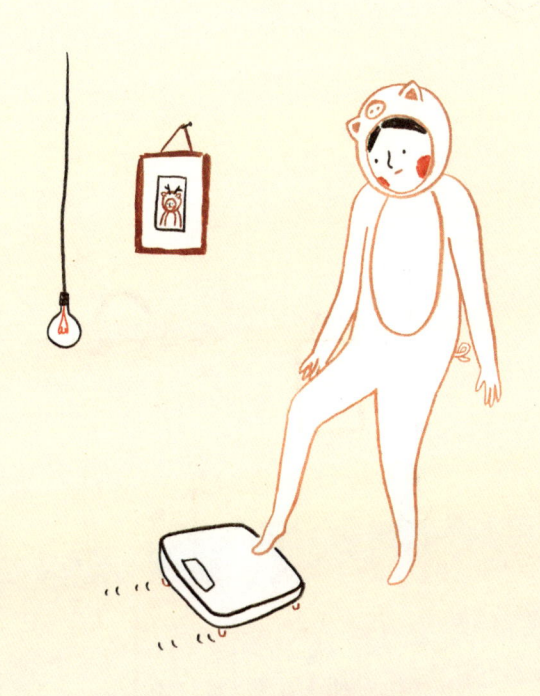

所以我总是挪到不同地方称重。

如果觉得
体重比平时重的话，

首先让惊吓的心冷静下来，

找一个能让体重看起来哪怕少一点点的地方，

看到最小的数字出现才会安心。

如此一来，突然觉得

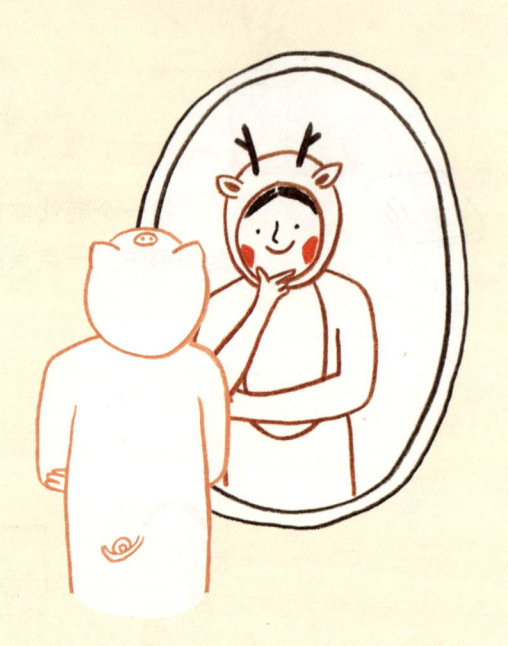

自己是那么优秀！

### 锻炼心灵肌肉

在忧郁感严重时产生的快乐时刻,大部分都很容易被遗忘在记忆中。因为内心忧郁的人,很容易向消极的方向重新编辑记忆。转换后的思维回路要渗透到身心、覆盖原有的思维习惯,是需要一段时间的。所以一定要记住,心就如同肌肉,只有像坚持运动一样不断地锻炼肌肉,才能改变固化的思维回路。

### 在小事上表扬自己

如果你情绪低落,失去自信心,那就在一些小事情上表扬一下自己吧。在无谓的比较和以担心为借口的"多管闲事"中,稍有松懈就会对自己产生消极的认知。所以,平时无论什么情况,都试着找找可以表扬自己的地方吧!

### 回忆也是一种选择

我不能让生活中总是充满好事,但我可以选择更多地回忆在我身上发生的美好。让我们多回忆美好的事情吧。

同样的念头翻涌而来折磨我的时候

如果现在有备受煎熬的事,

那就制造其他转移
注意力的事。

不是清除记忆，

只是掩盖后才能继续走下去罢了。

### 反向利用烦乱的心情

治愈痛苦心灵的，通常是时间。但是，等待时间的流逝会非常煎熬，所以在痛苦被逐渐遗忘的同时，尝试一下在上面覆盖新的记忆吧。比如有烦心事的时候做更烦心的事来分散思考和精力。这看着好像一个令人啼笑皆非的方法，但对于过度执着于某一想法的人来说会非常有效。如果能将心烦意乱的情绪进行反向利用，朝着有建设性的方向转变想法的话，会不会变成一种不错的升华呢？

### 找到自己的小妙招

心烦意乱，不能集中精力工作的时候，打扫房间、整理桌子或者追星都是好办法！不一定非得是冥想或发展兴趣爱好这种看似正经的形式，找到一些适合你自己的有助于整理心情的小妙招吧。

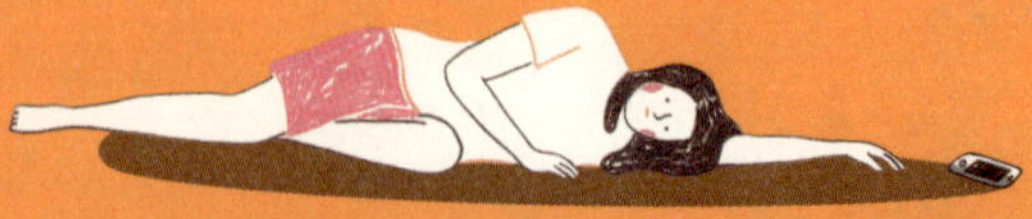

第四章

# 不愿意做事
# 是很正常的

## 01 一旦结束忙碌就很空虚

高中生

看书,还得提前预习……

眼睛要合上了吗?那么通往未来的路也要合上了。

考试一结束,

无所事事。

学英语，看展览，
还要去旅行……

大学生

课题一结束，

无所事事。

职场人

做运动，学英语，
还要学吉他……

这次的项目一结束，

无所事事。

这次的任务一结束……

## 最后期限的魔法

最近我领悟到一个人生真谛,就是无论我们怎么提前准备,到最后一天也有很大概率会熬夜。人的生物钟被最后期限拽着跑。虽然在一段时间内会变成"废人",但心里某个角落还是有一种"我在这么努力地活着呀"的安心感。在截止日期前处于超能力状态的时候,会从丹田产生一种莫名的自信。想读的书、想看的电影、想做的事情堆积如山,仿佛都要把地球打碎的欲望涌上心头,所以乘胜追击,悲壮地制订以后的计划(在那个时候怎么不先把事情做完)。如果忙碌的事情席卷而过,那么空虚感就一定会随之而来。虽然很无聊,但不想做任何有益的、实用的事情,想偷懒却又不知为何感到不安和焦躁。所以有那么一段时间,我会感到焦虑但又什么都不做。我们总是在抓不住时间的时候那么盼望,真正把时间握在手中的时候却又无力地挥洒掉。为什么我们总是会渴望自己没有的东西呢?有的时候,我们一直等待着某件事情的结束,同时又害怕自己什么都没做就结束了。

如果只抱着完成任务的心态去对待，那么无论多么热情，都很难正常地操控自己的人生。因为不是自己主动地去做什么，而是事情牵着我走，所以在一切结束后，出于补偿心理，我们会选择主动犯懒。

当然，我们很难把所有的事情都当成自己的事情来对待，但是只要仔细观察，就一定能找到完全属于自己的时间。至少在那段时间，不要期待结束，让我们活在过程中吧。这一件事情结束，下一件事情还会到来，我们必须学会在等待结束的时间缝隙中寻找快乐。我相信，那些因时间流逝而变得坚强的心，会在空虚感突然来到的那一天更坚定一点，少动摇一点。

## 02 如果现在的选择是错误的,该怎么办

严肃认真,

为了做出更好的选择,

从头到尾仔细对比。

但是因为没有人能够预测到
以后的事情,

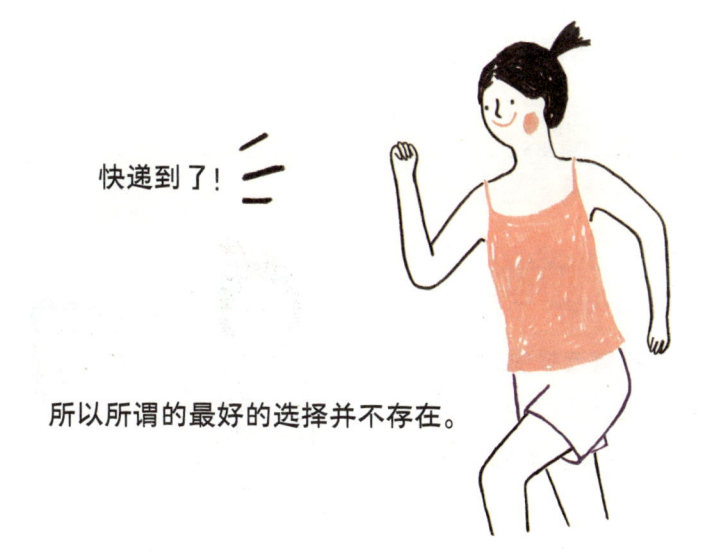

快递到了!

所以所谓的最好的选择并不存在。

为什么版型不一样呢?
衣服啊,你没有错.
错的是我……

有选择并且热爱你的选择,
是你所拥有的选择权。

不管选择哪一边,
有获得就会有失去,
无论选择什么都可能会后悔。

选哪一个呢?
猜一下吧!
好吃的话还要吃,
再吃的话会腹泻,
腹泻的话要去医院.
点到谁就是谁……

有时候要学会单纯地跟着内心走。

## 没有最好的选择

有些选择,即使年纪大了也永远不会变得简单。选择所以困难,很大程度上是因为你知道答案。明知该选择哪一个,却不想承担随之而来的风险,这样的心态让我们犹豫不决。但是选择本身,无论选择哪一边都不可能是最好的选择。为什么呢?因为我们还要选择以什么样的心态去面对那个选择的结果。"更好的选择"也好,"错误的选择"也罢,从一开始就不存在,毕竟只有我自己知道对我来说最好的选择是什么。无论做出何种选择,都有我不得不这样做的理由。

我们真正想要的不是最好的选择,而是能够随时做出其他选择的自由。就像薛定谔的猫一样,没有人能同时以两种以上的状态存在。是一直渴望没有选择的路,还是在已经选择的路上寻找人生的快乐,我们必须对此做出抉择。有时候,不要过于苦恼,跟随自己的内心,然后热爱自己的选择,也许才是最好的。

## 03 凡事一定得往好处想吗

有时候费尽心思往好处想,
　生活反而变得更吃力。

当你的心情持续低落时,

并不一定非要往好处想——

没关系的。

## 很难努力去往好处想的时候

"要往好处想!"

我不喜欢这些强迫我打起精神的话。因为对于一个已经疲惫不堪、无力支撑的人来说,即使是好心的忠告,听起来也很让人挫败。"你为什么不往好处想?""是因为你不够努力!"这些话可能只会让人产生一种挫败感:我为什么没办法往好处想?

当你觉得努力积极地生活太难的时候,那就不必非要积极地生活。没有必要完全抛弃已有的想法,突然采取极端积极的态度,只要我们看到并接受不同的想法,抱着"这也是有可能的"的态度去接受就足够了。无论是什么,试图去隐藏反而会更明显。你越是无视内心明显存在的消极想法,刻意成为一个积极的人,内心就越想证明它的存在。

所以这样想会更好:我身上存在消极的想法,但是我也可以用不同的方式去思考。

## 04 因为我是我，所以很讨厌

改变性格最简单的方法是，

不要逃避也不要否定自己，
用开放的心态迎接新的事物。

## 为了成为新的我

我的性格看起来总是隐隐约约有些"灰暗",这让我觉得非常讨厌,所以我一直在寻找改变性格的方法。在看了一本介绍如何在短期内产生新变化的书后,我会每天早晨对着镜子大声喊一些话,据说这些话能让人成为一个活泼开朗的人(上面写着"一定要大声喊出")。

"我每天每天都在变得更好!"

"我每天每天都在成为崭新的自己!"

即使每天都在努力呐喊,也没有任何变化。短时间内没有什么明显的变化便就此放弃或者另辟蹊径。但你越用头脑了解很多理论,你就越迷惑于所知道的东西与现实的背离。

"我每天每天都在成为崭新的自己!"

这句话乍一看非常积极向上,但背后其实隐藏着"我不喜欢现在的自己,所以一定要改变"。当我们掉入这样的陷阱,错误的努力带来的空虚感反反复复在心底生根发芽,那么危险的想法就产生了。

"我永远都无法改变。"

有的心理学书籍和心理学家、精神科医生甚至说，性格是天生的，是不会改变的。但这并不意味着我们要对自己的遗传基因和生活环境感到沮丧。因为改变性格更像是"拓宽思维"。这不是从A到B的变化，而是在A的内部增加一些小的a、b、c。说到改变性格会让人感到迷茫，那么增加新的想法是不是值得一试呢。如果一个人以前只喜欢苹果，那么他也可以试试橙子，如果觉得橙子不怎么样，再试试别的就可以了。重要的是，不要试图消灭或否定现在的自己，让自己做原来的自己，增加需要的东西就好了。这也需要一定的时间，就像很难在短期内改变习惯一样，一个人的思维体系也不会在一夜之间改变。过去的我和现在的我，就像马拉松的竞争者一样你追我赶，不断向前奔跑。

这段时间，我为了改变自己而付出的努力完全否定了真实存在的自己，总是试图扮演一个虚假的形象。所以每次都很容易感到疲惫，想放弃也是理所当然的事情。虽然我仍然不满意我所拥有的很多方面，但我不再高呼不现实的乐观和无条件的肯定。我打算和自己妥协，"虽然现在的我很好，但尝试一下别的也没关系"。

成为新的自己，需要的不是更加努力地生活，也不是变得更加勤奋，而是一种能够在细小的、于我而言崭新的事情上敞开心扉的勇气。

# 05 啊，杯子里的水少了一半

比起填满，有时候更需要清空。

## 需要清空的时候

"啊,杯子里还剩下一半水呢!"

"唉,杯子里只剩下一半水了。"

这是人们谈论知足常乐的心态时常用的一个比喻。我们常常被教导即使只有半杯水也要学会满足,有时还被半强迫式地要求成为一个内心富足的人。

但是这个故事有一个漏洞。即使盛了半杯水也要懂得满足,这句话的前提是只有"填满"才能让我们获得满足感。为什么我们会认为水杯只有"填满的"才是积极的呢?是不是不应该肯定"被清空"呢?也就是说,"只有一开始就填满了才是积极的",在这种前提下,怎么让人眼睁睁地看着被清空的50%还要懂得满足呢?

让我们把这个观点倒过来看。如果是需要空杯子的人,他会这样想。

"杯子空了一半!"或者"唉,杯子只空了一半。"在这种情况下,我们肯定了"被清空",对于需要空杯子的人来说,水还在的事实也许并不令人满意。如果是想把花插在杯子里的人呢。那么对他来说，这可能是一个水量适当的完美杯子。

在这里，重要的不是你是否懂得看到积极的一面。也就是说，不要用"填满"或"清空"这两种方式来定义"积极的东西"。在难以满足的情况下，与其一味地让自己成为一个能看到积极一面的人，还不如创造一个能够扩大"积极事物"范围的世界。这个世界上有很多人根据自己所处的情况或思想观点能获得各种满足感。世上没有任何一个人的手指指纹和我一模一样，那大家又怎么能以同样的状态获得幸福呢？

所以，"你应该为杯子里还剩下一半的水感到高兴"，这句话也许只是给我们对于积极的观点设定了一个答案。因为我们总是认为有东西填满才能更接近满足的状态。

有的时候，我们需要的是清空而不是填满。

# 06 努力了很久也看不到尽头的时候

## 你是莲花

莲花要花很长时间才能完全绽放。
假设完全绽放需要100天,
绽放90%需要50天,
剩下的10%还需要50天。
努力了很久也看不到尽头的时候,
想想莲花吧。
即使表面上看起来静止不动,
为了绽放剩下的10%而孤军奋战的你,是莲花。
即使不被看见也在不断绽放的你,是莲花。

## 07 放下，但别放弃

有一阵，我尝试练习托球杂技，

但总是无法成功。

正要气馁时，转念一想，

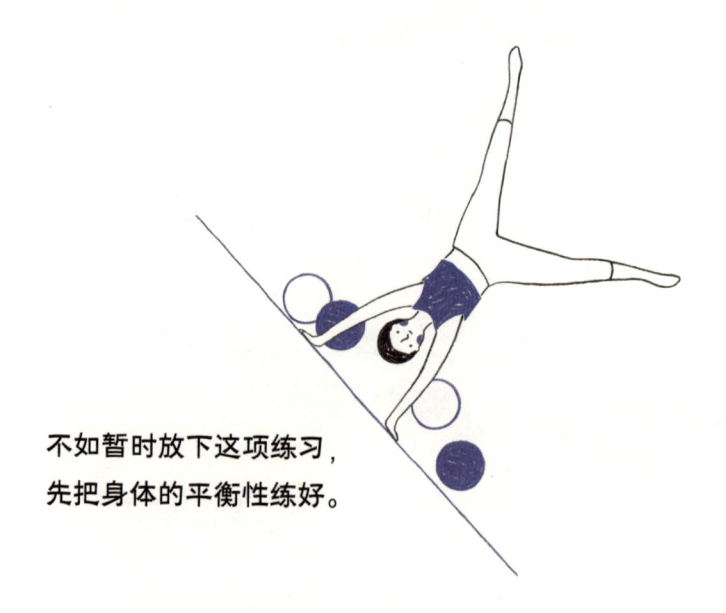

不如暂时放下这项练习，
先把身体的平衡性练好。

练好身体的平衡性后，

托球杂技也得心应手了。

## 放弃和放下的区别

我曾以"学校生活太累、专业也不适合"为由休学,在私人企业上班。没有钱,没有朋友,家庭关系也很让人疲惫,感觉周围的一切都一团糟,工作结束后就像隐居者一样只躺在房间里。那时,我在路上遇到了让我做问卷调查的邪教传道士。我还给她买了咖啡,交流了一会儿之后,听说她能解开我人生的郁结,我差点儿跟着她去了她的秘密基地进行祭祀。幸好后来及时觉察并断了联系。以前不理解为什么被骗的事情会降临到自己身上,现在知道大概是因为当时处于绝望的状态吧。

当我意识到自己离曾经梦想的理想生活越来越远时,我觉得其他的一切都没有任何意义了,在挫折感中会产生另一种挫折感,让我想干脆一了百了。智者们说只有放下才能得到想要的东西,但我不知道放下到底是什么意思。

漫画家李贤世曾说:"如果说放弃是放手,那么接受命运就是另辟一条路,继续前行。无动于衷、被动地接受'命运不公论'和坦然接受命运是两种完全不同的态度。如果说'我的命运就是这样，我还能做什么呢？就这样吧'是前者，那么'我的命运已是如此，那就接受自己无能为力的事情，想想自己还能做什么吧'，这才是改变命运的人生姿态。"

　　有放下才会有降临，这不是迷信，而是对眼下难以改变的事情暂时放下执念，投入自己能做的事情中去。每个人都有在做有趣快乐事情的时候觉得时间过得很快的经历吧？首先专注于自己能做的事情，你会得到一些小小的成就感，与此同时，时间过得很快，你也能很好地度过那些你觉得不幸的时期。如果你周围的世界出现了什么问题，不妨试试转移自己的视线。这些积累起来的微小的"肯定"具有连锁作用，它们一定会在某个瞬间靠近那些你曾经放弃的东西。

　　一切按计划进行的反义词不是"放弃"，而是"放下"，让它顺其自然。

# 08 生活怎么会这么累

有让你感到害怕的人，

也有把你捧在手心的人。

此刻，倦怠的另一个自己

或许对生活
有着炽热的渴望。

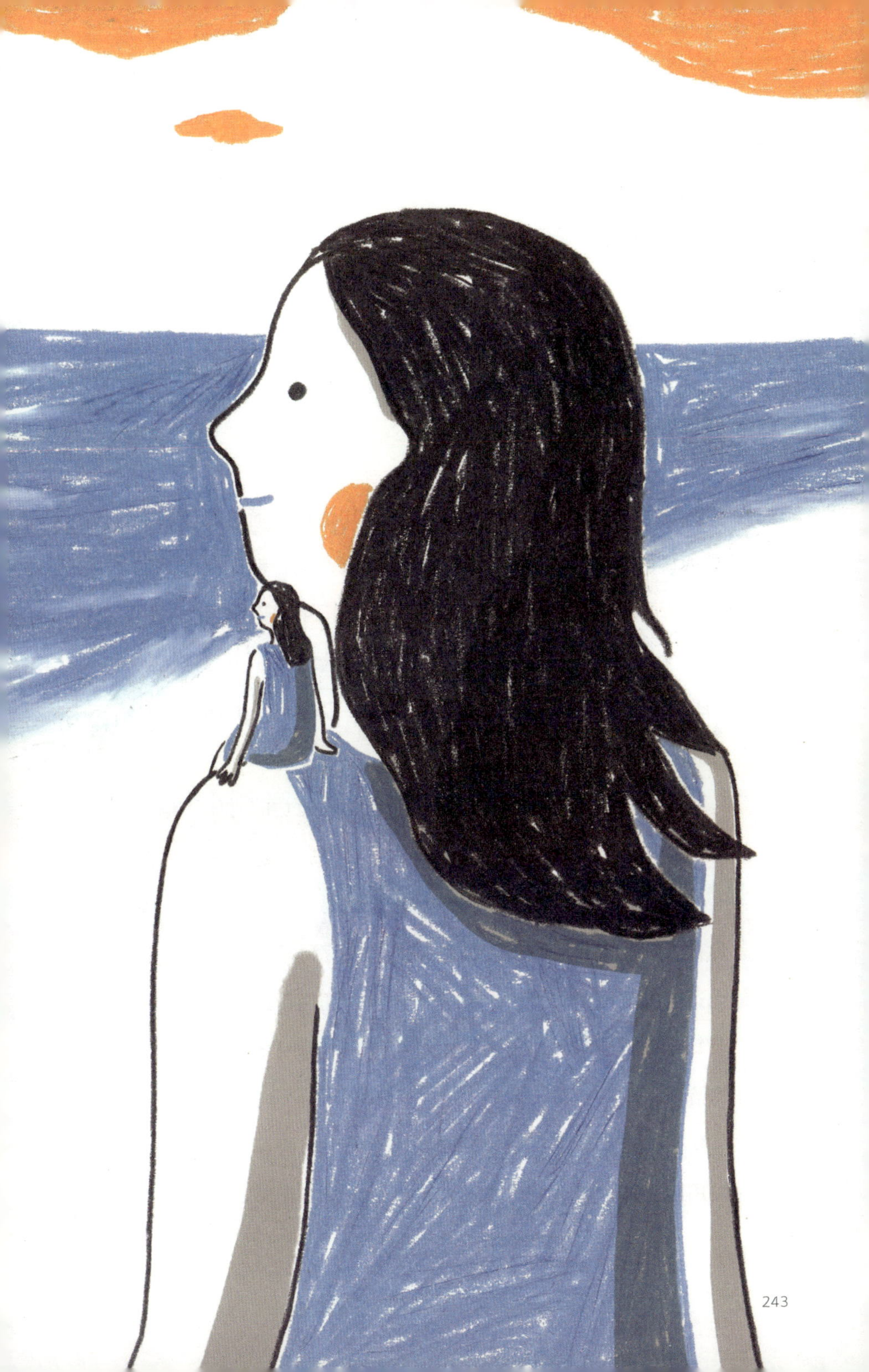

# 倦怠的反证

虽然总是把"想过舒服的人生"这句话挂在嘴边,但在真正实现目标、生活一步步变得舒服的时候,就会被极度的无助和倦怠折磨。难道是因为曾经心心念念的东西变成了生活目的,而不是生活方式吗?每实现一个目标,就会失去一个必须活下去的理由。直到创造出另一个目标为止,反复迷失方向,这个过程带来的快乐逐渐削减。

我曾听说,当人类处于极端状况或面临死亡的时候,是无法感觉到绝对倦怠的。或许正是这个原因吧,倦怠似乎也被视为一种奢侈品。即使在忙碌的生活中,只要有刹那的空隙,倦怠也很容易挤进来。在这种情况下,"一切都会好起来的",这种无条件肯定的"希望论"对我们并没有任何帮助。虽然这不是对每个人都没有用,但对我来说,这只能暂时抚慰我浮出水面的情绪。

我想,在这种倦怠之外,或许还有什么东西存在。天亮的时候用闪光灯,怎么照也看不出来。光线只有在黑暗的时候才能被看得更清楚,只有见过亮光的人才知道什么是黑暗。没有绝对的光明或黑暗,所以我也相信没有绝对的倦怠。如果有经常对生活感到倦怠的人,那是因为他完全沉浸在其中,所以反而很难感觉到倦怠。如果你感到厌倦或者觉得日子过得很厌烦,这反倒证明你至少曾经热烈地活过,或者有想要鲜活地活下去的欲望。

在我们感受到的情绪和脑海里浮现的想法之外,还有自身欲望的原型。也许是因为单纯的舒适无法让我体内的渴望得到满足,所以每当生活变得轻松的时候,我就如此厌倦。如果你在现在的倦怠之外还找到了什么,希望你能够理解它,拥抱它。

"原来你在那里。等了很久吧?"

## 09 我知道幸福的那一瞬间持续不了多久

如果用一种时态形容幸福,

那一定是"现在进行时"。

我当时怎么会那样?

停留在昨天却期待明天，
那今天就不要拖延。

合格的话就会幸福吧？

就业的话就会幸福吧？

现在就要幸福。

## 现在就要幸福

比起完成某事,思考如何才能完成的那段时间总是让我感到痛苦又幸福。因为那期间没有任何倦怠和绝望的感觉。伴随着那些苦恼,我可以活得那么生动。一直猜测着不确定的未来,让我无形中承受了很大压力。因为知道实现某件事时感受到的幸福持续不了多久,所以为了避免之后带来的无望感,我更加沉浸在忧虑和苦恼之中。

我们认为的幸福通常是一刹那的感觉。但是幸福的瞬间过去了,平凡的日常依然会继续,因为幸福阈值已经上升,所以寻找下一个幸福就越来越难了。如果只停留在"幸福"或"不幸"这两种状态,那么在生活中可以感受到的积极情绪的范围就会变得无比狭窄。

即使一个问题得到解决,我们在生活中也会不断遇到其他压力。无论你取得了什么成就,都不能保证完全而永恒的幸福。但是,如果你在期望实现的那一瞬间找到幸福感的话,就会得到"现在"这个礼物。我们最需要警惕的是心里没有想做的事,也没有想得到的东西。

  享受和珍惜当下,也意味着珍惜自己。所以不要害怕结束的到来,希望你能对此时此刻充满期待。

> 充电小心思

## 钱包越鼓内心越贫瘠的时候

工作赚钱的时候幸福指数也会降低。

努力工作的某一个瞬间，

突然会想"为什么这么不幸福呢"？

上周　　　　　昨天

今天

比起花钱，更多的是在赚钱，

今天赚的钱等价于"一天的不幸"。

我把钱重新用在购买幸福上，

此时有一种叫作"炸鸡"的幸福……

### 一点一点保存幸福

向着幸福飞奔的路上,我们的每一天都不幸福。我们在慌慌张张中被生活的浪潮冲走,当整个内心变得破烂不堪的时候,或许还来不及去感受"微小而确实的幸福",所以要把在每一天的生活缝隙里遇到的幸福回忆好好地收藏在心中。在不追求"巨大而确实的幸福"的情况下,找到迎接相当不错的一天的方法并不难。

### 灵魂充电

睡觉前躺在地板上吃着橘子看电视剧,周末空出一天静静地躺着探索天花板壁纸的花纹,去喜欢的早午餐店一边听音乐一边吃冰激凌华夫饼……

让我们创造一些属于自己的给灵魂充电的小仪式吧。

# 觉得只想躺着的自己非常不像话的时候

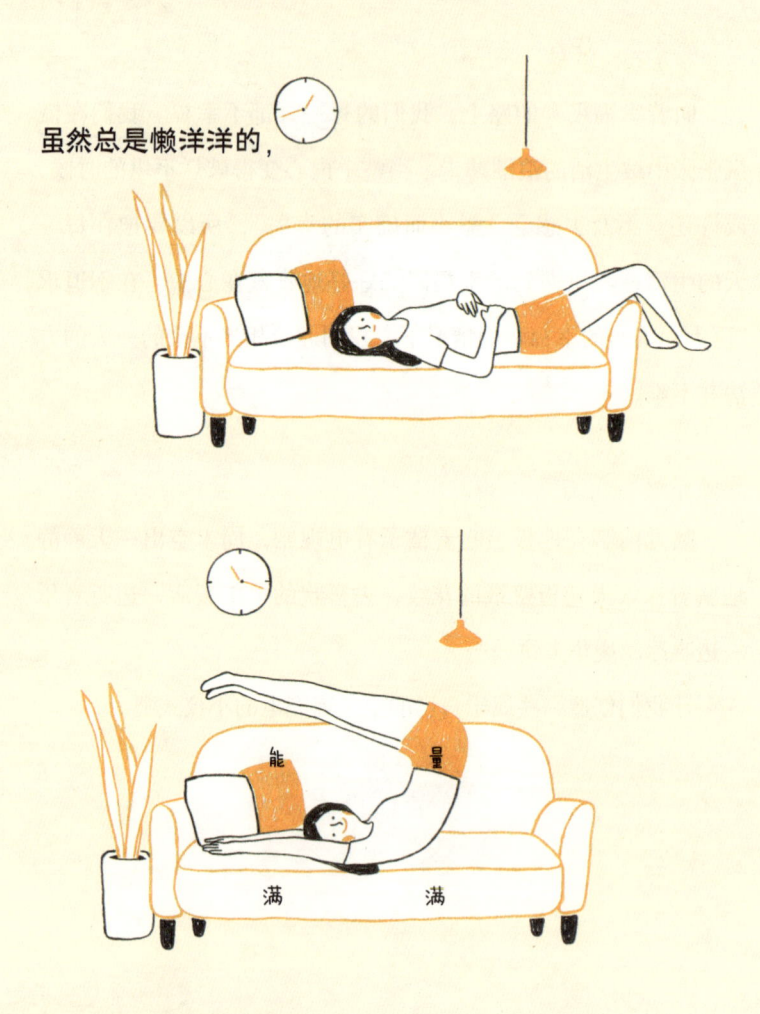

虽然总是懒洋洋的，

能量满满

但因为是周末，所以不会有什么负罪感。

### 努力地懒惰

个人拥有的能量总量会根据情况随时变化。如果我已经花光了全部能量，当然也就会有充电的时候。所以，即使有一天觉得自己像个多余的人，也不要太责怪自己。休息的时候没有负罪感地好好休息，才能用充满的能量好好度过明天。

### 太浪费时间了

我真的不喜欢做麻烦的事情，但问题是生活中有太多麻烦的事情要做。难道不能就这样躺着吗？虽然心里喊着："就算光躺着也想活得有意义！"但是平日里总是一边内疚一边犯懒，所以身体一动不动，只有心里忙得不可开交。这个周末你为什么不浪费一天时间，奢侈一把呢？

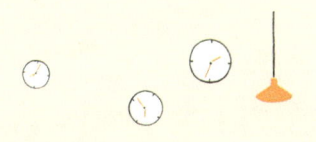

### 明明什么都没做，内心还是不安的时候

什么事情都不做的话，
什么事情都不会发生。

所以，还是做点儿什么吧！

### 就……随便做点什么吧

虽然生活在劳动价值被高估的社会中，但也没有必要一定要把自己揉进那个框架里，因为不想做事本身是非常正常的。但也不能"只"在什么都不做的状态下停留太久，因为这样下去，我们会一不小心忘记——其实自己随时都能进入另一种状态。为了唤醒每天沉浸在同一模式中的自己，随便做点什么也很好，更何况就算一整天都在睡觉也会变换各种姿势。就，不管是什么，随便做一下吧。

### 不要限制可能性

如果固守在某一种状态中，不管它是什么，都很有可能妨碍个人的成长。因此，先做点儿什么这本身就很重要。不是因为一定要做一些有用的事才是优秀的人，而是为了不限制我们成长的可能性。